남들처럼 결혼하지 않습니다

남들처럼
결혼하지 않습니다

소노 아야코 에세이 오근영 옮김

책읽는고양이

프롤로그 이 에세이를 쓰는 이유

사람에게는 각기 주어진 행복과 재주가 있겠지만 내가 받은 행복 가운데 하나는 결혼해서 사는 부부의 두 가지 유형을 밑바닥까지 볼 수 있었던 환경 덕분일지 모르겠다.

내가 어렸을 때 나의 어머니는 뚱뚱했다. 당시에는 살찐 사람을 보면 '건강해서 행복할 것 같다'고 여겼다. 그런데 어머니는 그렇게 건강하지 않았고 더구나 행복하지도 않았다.

내가 철이 들면서부터 어머니의 단 한 가지 소망은 아버지와 이혼하는 것이었다. 이런 말을 들으면 지금 젊은 사람들은 '까짓것 그렇게 힘들면 이혼하면 되잖아!'라고 생각하겠지만 당시에는 특별한 기술도 없는 기혼 여성이 적어도 비참하다는 생각을 하지 않아도 되는 적당한 일자리 같은 건 없었다. 부모님에게는 얼마 안 되는 재산이 있었지만 모든 것이 아버지 명의였고, 아버지는 성격이 맞지 않아 이혼하고 싶다는 아내에게 한푼도 줄 생각이 없었다. 돌이켜 생각해보면 나와 어머니는 성격도 많이 달랐다. 나는 하고 싶은 일을 하기 위해서는 그만한 대가를 지불해야 한다고 생각한다. 다시 말해 갖고 싶은 것을 가지려면 그 밖의 다른 것을 희생하는 게 당연하다는 것이다. 만약 어머니가 바라는 첫 번째 바람이 아버지에게서 벗어나는 일이라면 그 이외의 고통은 받아들여야 한다고 생각한다. 당시 우리는 유복하지는 않았지만 중산층 정도 수준의 생활을 하고 있었다. 그렇지만 어머니가 아버지와 사는 게 싫다면 중산층 생활을 과감하게 포기하고 단칸방에 살면서 청소부라도 하는 게 당연하다고 생각했다. 좀 더 분명히 말하면 나는 오히려 어머니가 그렇게 했으면 하고 바랐다. 지긋지긋한 아버지와 함께 사는 것보다 비록 두세 평 단칸방이라도 오히려 안락한 천국이 될 것이라는 확신이 있었다.

아버지가 돌아가신 지도 벌써 여러 해가 지났다. 아무

리 돌이켜 생각해도 나는 아버지의 불행을 바란 적은 단한 번도 없었다. 그러나 아버지에게 사랑을 느낀 기억도 손가락으로 꼽을 정도밖에 없는 딸이었다. 왜 어머니도 딸인 나도 아버지를 그토록 싫어했을까. 그것을 말로 설명하기란 정말 어렵다. 왜냐하면 그 이유를 설명하다보면 결국 아버지의 험담을 하게 될 것이고, 난 비록 소견이 얕은 사람이지만 다른 사람을 비난하는 일은 별로 좋아하지 않는다.

아버지는 절대 악인은 아니었다. 사기를 치거나 다른 여자와 살림을 차리거나 술에 취해 주정하거나 도박에 빠지는 일도 없었다. 단지 아버지는 자신과 다른 타인의 삶의 방식을 이해하거나 받아들일 수 없는 성향을 가진 사람이었다. 자신이 임원으로 일하던 작은 회사의 사원이나 친구, 아내 등이 작은 잘못을 하거나 자기 마음에 들지 않는 행동을 하면 철저하게 책망했다. 잘못했다고, 정말 죄송하다고 아무리 사과해도 자신이 그 일을 불쾌하게 생각하는 동안에는 끊임없이 상대를 들볶았다. 만약 집에서 그런 일이 있으면 어머니로 하여금 밤새 잠도 자지 못하게 했다. 나도 마찬가지였다. 이것은 일종의 고문이었다. 아버지는 이따금 폭력을 휘둘렀는데 내가 아버지를 말리려고 끼어들었다가 얼굴이 부을 정도로 얻어맞은 적도 있었다.

아버지는 집에 다른 사람이 있어도 개의치 않았다. 대부분 사람들은 남의 이목을 신경쓰게 마련이지만 아버지는 그렇지 않았다. 나는 집에 친구들을 데려오지 않으려고 했지만, 어쩌다 친구를 데리고 와서 집에서 놀다보면 갑자기 아버지의 험악한 목소리가 들릴 때가 있었다. 그러면 친구도 거북한 표정을 했고 나도 더는 이야기할 의욕을 잃고 입을 다물어버렸다. 그래서 아버지와 같이 살고 싶지 않은 사람은 어머니만이 아니라 딸인 나 역시 그랬다는 점을 덧붙여야겠다.

이야기가 좀 옆길로 새는데 아버지는 어머니와 헤어져 다른 여자와 결혼했다. 그 부인과의 사이에 딸이 태어났다. 나의 배다른 여동생이다. 나는 아버지와 결혼해준 그 부인에게 마음속으로 감사해왔고 이번에는 아버지도 성격이 다른 아내와 딸을 데리고 평화롭고 안락한 가정을 꾸려주기를 간절히 기도했다. 아버지를 이해하지 못한 사람은 어머니와 나뿐이라고 생각하고 싶었던 것이다. 그렇기에 나는 내가 낳은 딸이라고 해도 믿을 정도로 어린 나의 여동생에게 아버지 험담을 절대 하지 않겠다고, 나쁜 선입견을 주는 언행은 하지 않겠다고 결심했다.

그런데도 역사는 되풀이되는 모양이다. 아버지는 새 부인과도 부딪치기 시작했고 그 부인도 도저히 어떻게 할 수 없을 지경이 되자 몰래 나한테 전화를 하기도 했다. 이윽고 배다른 여동생이 중학교를 졸업하고 고등학교에 입학하자 이번에는 그 아이가 집에 들어가지 않기 시작했다. 나는 여동생에게 물었다.

"한밤중이 다 되도록 집에 가지 않고 어딜 돌아다니는 거니? 나쁜 친구들하고 어울리는 거 아니야?"

여동생은 나의 어른스럽지 않은 질문에 난감한 얼굴을 했다.

"아니에요. 아버지가 잠들기 전에는 집에 들어가기가 싫어 지하철을 타고 계속 돌면서 책을 읽으며 시간을 보내는 거예요."

"그랬구나. 생각해보니까 그런 방식으로도 책을 읽을 수 있겠구나."

이것은 철도 이용 규칙으로 따지고 들면 위법이겠지만 나는 재미있다고 생각했다. 따뜻하고 평화로운 가정의 자녀에게는 독서하는 습관이 좀처럼 들기 쉽지 않은데 나처럼 안심하고 쉴 집도 없는 딸은 오히려 죽어라 책만 읽게 된다. 그리고 아무리 사이가 나쁜 부모님 사이에서 태어났지만 나도 동생도 자라면서 크게 빗나가지 않은 걸 보면 가정 불화 탓에 비행 청소년이 나올 확률이 높다는 통계도 꼭 옳은 것만은 아닌 것 같다.

아까 하던 얘기를 계속하겠다. 어머니는 나름대로 속으로 계산해서 아버지와 헤어지지 않은 것 같다. 좀 더 젊었을 때 나는 어머니의 그 비겁함을 책망하던 때가 있었다. 그러나 지금은 전혀 그렇게 생각하지 않는다. 누구나 자신이 견디기 쉬운 삶을 선택하는 수밖에 없을 테니까. 최상의 길은 아니지만 그래도 견디기 쉽다고 생각하는 길을 선택하는 것이다. 내가 놀란 건 어머니가 아버지와의 생활보다 가난을 더 두려워했다는 점이다. 아마 나는 마음의 압박보다는 가난을 선택할 것 같지만 이 또한 자신은 없다. 어쨌든 나는 지금 상대가 누구든 '조금이라도 편안한 길을 선택해달라'고 말하는 것 외에 달리 어떤 말을 해야 할지 잘 모르겠다.

나는 정말 평범한 딸아이였기에 자신의 입장이 얼마나 왜곡되어 있는가를 생각할 수 없었다. 단순히 나 자신을 중심으로 생각했다. 세상 사람들은 '가정 생활의 행복'에 대해 이러쿵저러쿵 말하지만 그건 사실이 아니라고 여겼다. 나에게 결혼 생활이란 나의 부모님이 사는 모습이 원형이었기 때문에 사람들이 말하는 '결혼하면 다 해결된다' 는 말은 큰 착각이라고 생각했던 것이다.

이에 관해서는 다른 데서도 쓴 적이 있다. 당시 어머니는 아버지와의 생활을 견딜 수 없어 자살을 기도했다. 그때 나는 어머니와 동반자가 될 뻔했기 때문에 그 이후로 나는 자식들은 누구나 부모와 동반 자살 미수를 경험했을 거라고 생각했다. 친구들 대부분이 그런 경험이 없다는 사실을 알았을 때 나는 너무 놀랐다. 그 정도로 나는 자기 중심적이고 상상력이 부족한 사람이었다. 좋게 말해 내 신상에 일어난 일을 세상의 평균적인 사고방식에 끼워 맞추는 짓은 하지 않았다고 해야 할까? 어쩌면 이런 어리석음이 작가로서 자리매김하는 데 도움을 준 나의 작은 재능이었는지 모르겠다.

당연한 귀결이었지만 나는 결혼하고 싶은 마음이 없었다. 그래도 어머니는 여전히 내게 결혼하라고 권했지만 나는 매우 회의적이었다. 어머니가 아버지와 헤어질 수 없었던 이유가 오로지 경제적으로 자립할 힘이 없었기 때문이라고 생각했기 때문에 어떻게든 스스로 먹고살 뿐 아니라 작게나마 어머니를 부양할 경제력만 갖추면 그걸로 충분하다고 여겼다. 그러는 동안에도 소설을 쓰겠다는 욕구는 더 강해졌다. 당시 소설을 쓴다는 것은 일반적인 세상과 작별을 고하고 천직賤職을 택한다는 의미여서 나름대로 각오가 필요했다.

중간의 이야기를 간략하게 하자면 나는 도저히 결혼할 마음이 없어서 소설을 쓰기로 했다. 아버지에게 들키지 않도록 필명을 쓰고 동인 잡지 비용은 아르바이트를 해서 벌었다. 그 무렵 가와데쇼보河出書房 출판사에서 모집하는 학생 소설에 응모하고 싶었지만 내가 다니는 대학은 그런 용도로는 신분 증명서를 발급할 수 없다고 거절했다. 그만큼 당시 소설을 쓰는 일은 하찮은 일로 치부되었다. 나는 그런 사정을 알면서도 두 번 다시 상식적인 세계로는 돌아가지 않겠노라고 속으로 굳게 결심하며 계속 소설을 썼다. 그런데 그것이 오히려 내가 결혼하는 계기가 되었다.

남편 미우라 슈몬과 나는 당시 같은 동인지에 속해 있었다. 그 정도로 모두 형편없는 패거리들이었지만 불성실하긴 해도 결코 불량한 사람들은 아니었다. 미우라는 니혼 대학의 강사로 아직 생활 기반을 잡지 못했고 나도 학생 신분이었기에 우리는 약혼만 하기로 했다. 미우라가 대학의 조교수가 되던 해에 우리는 일단 남들처럼 결혼식을 올리기로 했다. 하지만 나는 아버지가 막상 결혼식 날이 되면 '오늘 결혼식에 참석하지 않겠다'고 할 것임에 틀림없다고 생각했다. 나는 그런 비상식적인 상황을 약혼자에게 어떻게 이해시켜야 하나 하는 생각으로 마음이 무거웠다.

그로부터 약 30년이 흘렀다. 각각의 결혼 생활을 다른 가정과 어떤 의미에서는 비교할 수 없다. 그러나—굳이 자랑이나 겸손에서 하는 말은 아니지만—우리 부부의 결혼은 아마 성공한 축에 들 것이다. '아마'라고 한 것은 우리 부부의 미래를 알 수 없기 때문이다. 내일이라도 우리의 결혼이 파국으로 치달을지도 모르지만 현재까지 우리는 그런대로 우리다운 결혼 생활을 해왔다고 말할 수 있다.

그 이유는 무엇일까. 그것은 앞으로 쓰려고 생각하는 부부의 여러 문제 중에 자연스레 포함될 테지만 지금은 그 가운데 유별난 한두 가지를 이야기해두어야겠다.

어떤 사람은 내가 결혼에 대해 크게 기대하지 않아서 좋은 거라고 말해주었다. 부부 사이가 나쁜 집에서 자란 딸은 결혼 생활을 고뇌의 터전이라고 느낀다는 것이다.

그런 정도에서 출발하는 결혼이라면 웬만한 남자와는 '그래도 웬만한' 가정을 꾸릴 수 있는 것이 자연스럽다는 것이다.

참으로 정곡을 찌른 견해다. 내 친구 중 한 명은 정말 사이좋은 부모님을 두었다. 그녀는 자기 아버지만 보고 자라서 세상의 모든 남자는 아버지처럼 포용력이 있고 유머 감각도 있고 자상할 것이라고 생각했다. 그녀는 그런 아버지와 거의 정반대되는 성격의 남자와 결혼하여 몇 년 만에 이혼했다. 이렇게 되면, 태어나서 자라는 가정이 반드시 밝고 평화로운 게 좋은 건지, 나처럼 마음 편할 날 없는 고뇌의 터전에서 단련을 받는 게 좋은 건지 알 수 없게 된다. 물론 타당한 답으로는 내 경험을 돌이켜볼 때 역시 가정은 밝고 평화로워야 한다. 그러나 티격태격하는 가정도 그런 대로 나름 배울 점이 있다.

두 번째로 우리 가정은 미우라 슈몬의 현명함인지 엉터리인지 알 수 없는 뭔가에 의해 유지되고 있다. 우리 아버지와 달리 남편이 짜증을 내는 모습을 거의 본 적이 없다. 남편은 자신의 그런 성격은 일찌감치 초등학교 때부터 배우고 익혀온 어설픈 정신 분석 덕분이라고 한다. 남편은 항상 유유자적하게 자기가 하고 싶은 대로 살고 아이처럼 유치하면서도 유머러스하다. 그렇다고 우리 집에 어려운 일이 없는 것도 아니다. 우리도 남들이 겪는 만큼 무거운 생활을 끌어왔지만 심각해봐야 재미없으니까 가능한 한 장난치듯 넘기면서 극복해왔다. 우리 가정은 오랫동안 시부모님과 친정어머니에 우리 부부와 아들이라는 대가족으로 구성되어 있었다. 지금 아들은 결혼해서 나고야에 살고 친정어머니는 돌아가시고 시아버님과 시어머님이 각각 86세와 85세이시다. 두 분은 별채에서 따로 사시지만 식사는 우리 집에서 준비해서 갖다 드린다.

원래 매우 단순하고 즉흥적인 성격 탓인지 결혼에 관해서도 나는 '결혼해서 순조롭게 사는 경우도 있고 그렇지 않은 경우도 있다'는 해답을 얻었다.

어머니의 생활밖에 체험하지 못했더라면 나는 확신을 갖고 결혼을 믿지는 않았을 것이다. 우리의 결혼밖에 보지 않았더라면 나는 확신하고 결혼을 믿었을 것이다. 그러나 나는 그 어떤 것도 되지 않았고 그 어떤 것이 되기도 했다. 그것이 앞으로 이 에세이를 쓰려는 중요한 이유다. 내 입장에서 보면 내가 체험한 두 결혼의 결과는 모두 우연에서 출발한 것이었다. 그것은 당사자의 마음가

짐 문제가 아닌 운이었다. 적어도 반 이상이 운이었다.

결혼만큼 부조리한 것이 이 세상에 또 있을까. 나는 한때 도쿄 대학의 항공우주연구소가 가고시마 현의 우치노우라에서 쏘아 올린 로켓과 인공위성을 견학하러 가곤 했다. 과학적인 사고에 약한 내가 거기서 일하는 학자와 기술자 뒤에 멍하니 서 있을 수 있었던 것은 그곳이야말로 이치가 통하는 세계이기 때문이었다. 원인이 명백하면 상황은 사람이 의도한 대로 정확하게 움직이고, 만약 위험한 요소가 있으면 그 부분을 확인하여 결국 백 퍼센트에 가깝게 안전하다는 보증을 얻을 수도 있는 세계이기 때문이었다. 그런 것은 내가 자란 사회에는 절대 없었던 것이다! 이렇게 말하면 여러분은 오히려 놀랄 것이다. 그러나 나는 자연과학 세계의 그러한 점에 놀라고 이끌리고 있었다.

나도 내 마음이 어떻게 움직일지를 보증할 수 없다. 아침에 생각한 것이 저녁까지 유지되지 않는 경우를 종종 느낀다. 내가 이 정도면 일단 그런대로 평범한 사람인 나와 비슷한 두 사람이 모여 사는 것이 결혼 생활이라는 것이다. 더구나 거기에 경제 문제나 심리적인 것이 큰 요소가 되는 관습이 얽히게 된다.

부부라는 형태를 생각해낸 것은 성서에 의하면 '하느님'으로 되어 있는데 다시 생각해보면 이것은 위태로운 사상누각과도 흡사한 관계가 아닌가. 그러나 인간의 마음은 물리학과 달리 위기가 닥쳤을 때 오히려 강해진다. 하느님에게는 인간의 심리만을 위한 전용 물리학이 있어서 그것을 토대로 결혼이라는 모습을 생각해냈을 거라고 생각될 때가 있다.

에세이라는 것은 본래 뭔가를 밝게 만들기 위해 쓰는 것이지만 나는 안개의 깊이를 확인하는 것으로 끝낼지도 모르겠다. 어쨌거나 이 영원한 문제를 바라보며 나는 알 수 없는 그 속으로 출발하려 한다.

차례

조건이란 무의미하다

예전의 나는 맞선이라는 것을 본능적으로 아주 싫어했다. 맞선이라는 일본의 풍습은 아무리 생각해도 인신매매 같다는 생각이 들어 참을 수가 없었다. 내가 사실말은 이렇게 하지만 나 역시 딱 한 번 맞선을 본 경험이 있다. 이게 바로 나의 어설픈 면이다. 게다가 나는 그 사람과 결혼할 마음이 전혀 없었는데도 맞선 자체는 정말재미있고 즐거웠다. 어머니는 코트를 사주었고 숙모에게는 맛있는 음식을 얻어먹고 상대의 어머니는 당시 나 같은 사람은 발도 들여놓은 적 없는 고급 레스토랑으로 데려갔다. 그런데도 내가 상대방을 받아들이지 못한 첫째이유는 서로 공감하는 부분이 많지 않아서였고, 두 번째는 내가 상대방 집을 방문했기 때문이었다. 상대가 가난 해서가 아니라 집이 너무 크고 좋다는 것이 오히려 내게 두려움을 안겨주었던 것이다.

당시 우리 일가는 50평 정도 되는 낡은 전통 가옥에 살고 있었다. 그 사람의 집은 아무리 적게 잡아도 우리 집의 두 배, 아니 세 배는 족히 되어 보였다. 계단이 안과 밖 두 군데 있었고 화장실도 하나가 아니었다.

그런데 이게 또한 나의 궁상맞은 면인데, 그 댁에 시 집가서 며느리로서 그 넓은 집을 관리하는 힘겨운 내 모 습을 상상해봤다. 지금은 집안일을 비교적 남보다 빠르 게 하는 편이지만 당시는 아직 스무 살 안팎의 아가씨로 살림 솜씨가 형편없었다. 매일 깔끔하게 청소하지 않는 것은 최대의 가난이라는 식의 교육을 받은 나는 여러 화 장실을 매일 깨끗하게 청소할 것이다. 만약 그 집에 화장 실이 네 개 있다면 당시 느린 내 솜씨로 하나를 청소하는 데 15분이 걸린다 쳐도 나는 매일 한 시간씩 화장실 청소 를 하면서 이 세상을 살아야 할지도 모른다. 그 집에는 가정부가 있었던 것도 같지만 궁상맞은 나는 또 그런 혜 택이 오래 가리라는 것을 믿지 않았다. 가정부가 있다 해 도 어느 날 갑자기 그만두거나 병이 날 수도 있다. 그렇기 때문에 계단 청소도 화장실 청소도 원칙적으로 내가 직접 한다는 각오를 했던 것이다.

일반적으로 맞선을 본 뒤에 상대방이 가난해서 싫다고 거절하는 모양이지만 나는 오히려 상대의 재력에 두려움을 느꼈다. 요컨대 나는 어쩌다 실수로라도 부잣집으로 시집가지는 않을 성격이었다. 그 무렵부터 나는 명문가니 귀족 가문이니 하는 집에는 그 안에 살고 있는 사람밖에는 모르는 독이 있을 거라고 생각하게 되었다. 일반적으로 이 세상에서 가장 편안하고 즐거운 사람들은 소박하게 사는 서민이다. 내가 아는 사람 중에 상류층 생활을 하게 된 사람이 있는데 그 사람을 보면 딱하다는 생각이 들 때가 있다. 내 입장에서 무엇이 상류층인지 정하는 것은 그다지 어렵지 않다. 신발을 신은 채 들어가는 집에 사는 사람을 상류층이라고 정의하기도 하지만 내 생각에는 '삶에 제약이 많은 사람'이 상류층이다.

우리는 특별한 경우를 제외하고는 고상한 논리로 결혼 상대를 선택하지 않는다. 물욕, 볼품, 안정 등의 잣대로 상대를 선택한다. 나 정도 나이가 되면 전에는 딱 질색이던 속물 근성을 단칼에 거부하지도 않는다. 그러나 맞선을 인신매매라고 생각하던 사고방식이 완전히 없어졌다고 한다면 이 또한 거짓말이다. 왜냐하면 결혼 상대를 정하는 방식은 개인에 따라 계산에 밝은 사람과 그렇지 않은 사람이 있다는 것을 잘 알기 때문이다.

결혼으로 득을 보겠다고 생각하는 마음이 전혀 없는 사람은 없을 것이다. '동경'이라는 말은 그 정열의 일상적인 표현이다. 나는 금전적으로 득이 되는 결혼을 바라지는 않았지만 지적으로는 뭔가 얻을 게 있는 사람이 좋겠다는 생각은 해봤다. 돈은 안 되고 지식은 받아들인다는 의미가 아니다. 득을 보겠다는 정열로서는 같은 의미이다.

그런데 그 득이 되는 요소를 분별하는 방식이 문제다. 세상에는 남녀를 불문하고 눈을 크게 뜨고 어떻게든 자기 체면을 세워줄 배우자를 찾으려는 사람이 꽤 많다. 당사자의 성격이 어떤지 따위는 별로 문제 삼지 않는다. 가문, 출신 학교나 직장, 때로는 키 혹은 '외국에 가지 않는 사람(또는 외국 생활을 해본 사람)' 등으로 조건을 붙여 그에 해당하지 않는 사람과는 맞선도 보지 않겠다는 가정이나 여성을 자주 본다. 이런 기준으로 남자를 선택하는 사람은 어떻게 분석해야 할까. 즉 이것은 어떤 사람이 말로는 설명할 수 없는 복잡한 이유로 서로에게 끌릴 수 있다는 가능성을 처음부터 배제한 것이다. 아무리 매일 한 시간씩 화장실 청소를 해야만 한다는 조건이 마음에 들지 않더라도 내가 좀 더 상대에게 끌렸다면 그러한 상황 또한 어쩔 도리가 없다 생각하고 받아들였을 것이다. 외국에서 사는 게 싫다고 했는데도 "이 사람에게 끌려다니느라 결국 30년 동안 지구 반대쪽에서 살게 되었습니다."라고 생글생글 웃으면서 말할 수 있는 게 사람이다.

부부라는 인연은 당연히 첫 만남부터 시작되는 것인데, 그 만남까지 조건을 우선시하는 사람을 보면 나는 정말 이상하다는 생각이 든다.

사람이 무엇 때문에 결혼하는가 하는 문제에 관해서는 '성욕'이나 '번식' 등을 비롯하여 여러 이유가 있겠지만 나는 그중에서 '사람을 아는 것'을 가장 큰 이유로 꼽겠다. 사람을 안다는 것은 사실 언제라도 그리고 어떤 관계를 통해서도 할 수 있을 것이다. 학교에서도 직장에서도 친구들 사이에서도…. 그러나 이론과 실제는 좀처럼 맞아떨어지지 않는다. 직장 상사나 아랫사람에게 그의 심리 상태를 꼬치꼬치 캐물을 수도 없고 그의 월급 사용처를 밝히라고 할 수도 없다. 인간의 일상적인 행동 배경에는 생각보다 훨씬 재미있는 심리적 배경이라는 요소가 있다. 그것을 알기 위해서는 상대가 이성이라면 그의 가족이나 준가족이라도 되는 수밖에 없는 것이다.

그리고 이, 상대를 아는, 알고 싶은 욕구의 배후에는 사실 자신을 아는, 알고 싶다는 감추어진 정열이 있다는 것도 인식해야 한다. 오랜 세월 감옥에 있는 사람이 계속 자기 자신만을 바라보고 일종의 깨달음을 얻을 때도 있을 것이다. 그러나 매우 평범한 사례로 우리는 타인과 자신의 개성이 부딪쳤을 때 특히 자신을 더 잘 이해하게 된다.

나는 결혼하고 나서 비로소 남편을 통해 글쟁이의 세상을 들여다봤는데, 정신적으로 복잡한 문제는 제쳐두고 작은 일에서도 나를 깜짝 놀라게 하는 일이 많았다. 나는 자칭 도쿄의 서민이라는 의식을 가진 샐러리맨의 가정에서 태어나 다른 사람들의 삶에 대해 전혀 알지 못했다. 우리 가족은 명절이면 보자기에 떡이나 빵, 과자, 달걀 등을 들고 친지에게 인사를 하러 돌아다녔다. 돈이 없는 집에 태어난 것도 아니었다. 옛날 일이지만 특별히 귀한 물건을 멀리서 주문하는 일도 없었다. 그저 평범한 것이어도 상대가 좋아할 만한 물건을 골라 서로 상대의 집을 의례적으로 찾곤 했던 것이다.

친척뿐 아니라 중매쟁이, 선배, 특별히 신세를 진 분들에게 인사를 하러 가는 걸 당연한 일로 여겼다. 결혼하고 나서도 나는 평범한 서민으로서 그 풍습을 지키려고 했다. 남편은 처음에 약간 반대했지만 굳이 그만두라고까지는 하지 않았다.

그렇게 2, 3년이 지나면서부터 나는 주위에서 "미우라 부인은 이상하게도 물건을 싸들고 찾아온다"며 뒷소리를 하고 있다는 사실을 알게 되었다. 그러니까 결국 남편이나 자신의 소설에 대해 좋은 소리를 듣기 위해 일종의 뇌물로 명절 물건을 보내는 것이라고 말하는 사람들이 있는 모양이었다.

이것은 젊은 내게 작은 충격이었다. 하지만 결과적으로는 정말 좋은 처세술을 알게 되었다. 다시 말해 나는 이것을 계기로 그런 종류의 관례를 일절 하지 않기로 해서 더할 나위 없이 편안한 해방감을 맛보게 된 것이었다. 지금 나는 명절에 선물을 거의 하지 않지만 할 때는 직접 물건을 사거나 내가 먹고 맛있는 음식 중에서 정말 그분에게도 드리고 싶어지면 시기와 상관없이 보내드리고 있다.

내가 남편에게 배운 것이 있는데, 이번에는 상당히 고

상한 판단이었다. 남편은 나더러 타인에게 지나치게 친절하지 말고 냉정해지라고 가르쳤다. 세상의 여러 인간관계는 남들이 참견할 수 없는 부분이 많아 당사자를 잘 모르는 사람이 친절하게 할 때 반갑기보다는 귀찮아하는 경우가 많다고 말이다. 그래서 친절이라는 형태로 상대의 생활에 끼어들기보다는 불친절이라는 형태로 방해하지 않는 게 좋다고 했다.

흥미로운 것은 그러는 남편 자신은 별로 인정이 넘치는 편도 아니었지만 그렇다고 썩 불친절하지도 않았다. 나는 내가 베푼 친절이 그 사람을 난감하게 할 수도 있다고 생각해본 적이 없었기에 남편의 충고를 매우 신선하게 느꼈다. 내가 스스로를 생각해보건대 친절하다기보다는 다소 쓸데없이 참견하는 느낌이 없지 않은 성격으로 그 버릇은 완전히 고쳐질 것 같지 않았다. 하지만 같은 행동을 옛날 같으면 좋은 일이라며 의심도 하지 않았을 텐데 남편의 말을 듣고 나서는 끊임없이 나쁜 짓을 하는 게 아닌가 하는 자책을 하면서 나름대로 친절을 베풀었다.

요컨대 인간은 타인에게서 정말 생각지도 못한 자신의 어떤 성격을 지적당하고 나서야 비로소 자신의 모습을 되돌아보게 되는 것이다. 생면부지의 남에서 출발하여 오랜 세월 함께 살면서 서로 일체감을 느끼는 부부라면 좀 더 객관적으로 스스로 알지 못하던 자신의 어떤 부분을 배우자를 통해 발견하고 나아가 성장인지 타락인지 모르지만 능력이나 성격까지 변하는 경우가 있다.

결혼하기 전부터 남편이 될 청년, 아내가 될 처녀에게 외적인 조건을 한정시키는 것은 결국 이런 인간성에 대한 본질적인 이해와 우려가 부족하기 때문이 아닐까. 물론 가난뱅이보다는 부자가 더 좋을 테니 부잣집 딸이나 아들을 결혼 상대로 찾는 마음이 크게 잘못된 건 아니다.

우리 부부가 결혼한 지 몇 년 후에 나의 아버지와 어머니는 정식으로 이혼했다. 아버지는 복수심 때문에 어머니에게 한 푼도 주려고 하지 않았고, 나 역시 자유를 얻는 대가로 이혼할 때는 모든 것을 버리고 나와야 한다고 생각했기에 아버지한테 절대 아무것도 요구하지 말라고 어머니에게 충고했다.

그 당시 우리 집은 편안하게 독신으로 살던 내 집에 남편이 들어와서 생활하는 형태였으므로 아버지에게서 아무것도 받지 못한 어머니와의 생활을 다시 꾸려야 하는 게 정말 큰일이었다. 그러나 남편도 나도 결혼하면서 부모에게 뭔가를 요구하는 건 말도 안 되는 일이라 생각했고 생활필수품을 매달 조금씩 사 모으는 것도 나름대로 재미있었다. 그래서 우리 부부가 남들처럼 소꿉장난 같은 보금자리를 만드는 재미에 알콩달콩 빠져 있던 이 시절의 추억은 부모에게서 모든 것을 받을 수 있는 유복한 부부는 절대 맛볼 수 없는 것이었다.

결혼이라는 것이 얼마나 불합리한 것인지는 아무리 노력해도 순조롭게 살아지지 않는 경우가 있다는 것으로 방증된다는 이야기를 전에 어딘가에 쓴 적이 있다. 이 세상 대부분의 일은 노력함으로써 다소 상태가 호전될 수 있다. 그러나 결혼만은 그렇지 못하다. 이것은 90퍼센트가 운에 달려 있다. 그래서 나는 결혼해야 하는 젊은 사람들이 불쌍하다. 굳이 말하자면 결혼할 상대에게 어떤 조건도 붙이지 않는 것이 노력에 해당하는 일이고, 조건을 붙이는 것이 스스로 행운을 배제하는 행위로 이어지는지도 모르겠다. 그러나 이 조건파 사람들은 반드시라고 해도 좋을 정도로 신념이 확고해서 '고위 공무원이라면 딸을 행복하게 해줄 것이다'라거나 '도쿄대 출신이면 출세는 따놓은 당상'이라며, 조금이라도 합리적으로 생각하는 사람 같으면 도저히 동의할 수 없는 사고방식에 굳게 사로잡혀 있어, 이것을 바꾸는 일은 불가능에 가까

우며 가능하다 해도 불쌍하다.

내가 결혼을 불합리하지만 재미있는 제도라고 생각하는 것은 들짐승이 덫에 빠지는 것처럼 인간도 덫에 걸리는 일이 있다는 것이다. '키가 작은 사람은 절대 사절'이라던 어떤 여성이 몇 년 지난 뒤에 자기보다 키는 작은데 매우 지혜로워 보이는 청년과 함께 다니는 것을 본 적이 있다. 그녀는 평생 '하이힐을 신고 춤출 수 있는 상대와 결혼하고 싶다'고 말하고 다닐지 모르지만 마음속으로는 현재의 결혼 생활을 소중하게 여기고 있을 것이다.

이 가치관의 갑작스러운 변질, 사고방식의 성장이야말로 결혼이 평범한 우리에게 가져다주는 더없이 커다란 선물이다. 그러려면 먼저 상대를 만나야 한다. 그리고 나서 결혼을 할지 여부를 생각해도 늦지 않는다. 결혼을 원한다면서 만나기도 전에 조건을 따지는 사람은 결혼을 원하는 게 아니라 '거래'를 원할 뿐이다.

안목이 없어야 사랑에 빠진다

누구나 '좋으니까 선택하는 것'이지만 무엇을 가지고 좋다는지는 세상 사람이 생각하는 것처럼 단순하지 않다. 극단적인 두 사례를 말하자면, 내 주변에는 경제적으로 풍요로운 집 자제라는 이유로 결혼을 결심하는 계기가 되었다는 사람이 있는가 하면 상대가 가난한 것이 너무 딱해서 결혼한 사람도 있다.

똑같은 일이 반대의 힘이 되어 작용하는 경우도 있다. 나의 지인 가운데 같은 회사에서 근무하던 남녀가 있었다. 두 사람은 모두 똑똑하고 센스 있는 젊은이들로 여자는 그림을 잘 그렸고, 남자 쪽에서 더 그녀를 좋아하는 듯했다. 그런데 이 아가씨는 드러내놓는 건 아니지만 이따금 부모의 경제적인 능력을 과시하려는 태도를 보였다. 명절이 되면 집 안이 얼마나 많은 선물로 가득 차는지 따위를 은근히 자랑하는 것이었다.

이윽고 그녀가 회사를 그만두게 되었는데, 그때 그녀는 그에게 말했다.

"제 월급 정도는 사실 받지 않는 게 나아요. 제가 아버지의 부양 가족이 되는 것이 아버지에게는 훨씬 경제적으로 득이 되거든요."

그때 그는 그녀와 결혼할 마음이 사라졌다고 나중에 내게 말했다. 그는 대학교수의 아들로 지적인 가정에서 자랐다. 그는 25세를 지나면 자기 월급으로 생활을 꾸려 나갈 계획을 세워야 한다고 마음먹고 있는 중이었다. 그런 시점에서 느닷없이 회사에서 받는 월급은 받지 않는 게 오히려 득이 된다는 말을 듣고 보니 그의 마음속에 상대 아가씨는 자신과 다른 세상에 살고 있는 게 아닐까 하는 생각이 들어 맥이 빠졌다는 것이다. 같은 말을 들어도 '아, 이 아가씨 집은 아버지의 경제력이 대단해서 이런 직장 따위는 그녀의 집에서 별로 중요한 수입원이 되지도 않는구나! 그렇다면 결혼 상대로는 상당히 유리하지 않은가.' 하고 생각하는 사람도 있을지 모른다고 생각하니 새삼 사람을 평가하는 기준이라는 게 사람마다 정말 가지각색이구나 싶고 다양한 평가 기준에 따라 이 세상은 즐거워지기도 하고 구원을 받기도 하는구나 싶다.

어쨌거나 '무엇을 기준으로 상대를 선택할까' '어떻게 하면 좋은 상대를 선택할 수 있을까' 하는 문제에 관해 나는 딱 한 가지 대답을 할 수밖에 없다.

모든 선택은(운을 제외하면) 자신의 안목, 능력, 성향에 따라서 할 수밖에 없다는 것이다. 내가 지금까지 살아온 과거를 돌이켜보면서 절실하게 느낀 것이다.

지금 나한테는 이야기가 아주 잘 통하는 이성 친구가 한 사람 있다. 내가 그를 처음 만난 것은 약 10년 전이었다. 나는 당시에 그가 철학적으로 그렇게 깊은 생각을 하는 복잡한 인물이라고는 생각하지 않았다. 의례적인 자리에서 만나기도 하던 우리가 만난 지 7, 8년이라는 세월이 흘렀다. 그리고 다시 만났을 때 나는 왜 10년 전에 그 사람에 대해 좀 더 명확한 존경심을 갖지 못했는지 지금 생각하면 이상할 정도다. 그러나 그 이유는 분명하다. 다시 말해 내 '안목'이 10년 전에는 부족했던 것이다.

인간의 안목이 그 정도로 단기간에 완성되는 것이냐고, 또는 소노 아야코라는 사람은 현재 자신의 안목을 그 정도로 믿고 있는 것이냐면서 항의하는 독자를 위해 굳이 설명하자면 나에게는 사회의 동향을 파악하는 안목 같은 건 거의 없다.

그러나 사람을 보는 안목이라면 확실히 지난 10년 전보다 놀랄 정도로 발전했다고 스스로 생각한다. 선악의 판단과 전혀 관계 없이 '저 사람은 이런 사람이구나' 하는 것을 이해하기 시작한 것이다. 다른 말로 하자면 예전에는 그 정도의 안목이 없었다고 해야 할 것이다. 그 무렵 그 사람은 아마 나와 이야기하고 싶다는 생각은 하지 않았을 것이다. 그러나 나도 지금은 그 사람이 하는 말을 조금은 제대로 이해할 수 있게 된 것 같다.

이 사람과 나의 경우, 우리는 서로 결혼 상대도 아니고 연인 관계도 아니다. 그러나 결국 친구란 나의 거울이고 나의 이해 능력을 초월하는 사람은 나의 존경을 받을 수 없다는 의미도 된다. 객관적으로 보면 그 사람이 아무리 위대해도 그 위대한 면을 보는 안목이 없다면 세상의 평판이라는 통속적인 판단을 이용하는 것 외에 그 사람의 능력은 전해지지 않는 것이다.

그렇다면 좋은 배우자를 찾기 위해서는 안목을 키우는 수밖에 없겠지만 소위 결혼 적령기에 있는 남녀 가운데 어떤 사람에게서 그런 안목을 기대할 수 있을까. 그래서 자주 내세우는 것이 젊은 사람은 절대 자신의 정열이 향하는 대로만 상대를 선택할 게 아니라 세상 물정에 밝은 부모나 선배에게 골라달라고 하라는 이론이다.

그러나 나는 이 이론에는 찬성할 수 없다. 왜냐하면 솔직히 40~60대의 어른이 되어서도 인간을 이해할 수 없다고 생각하는 사람들이 있게 마련이고, 사람 보는 안목이 있다고 자부하는 나도 인생의 관찰자로서 그 사람의 인간성에 어떤 경향이 있는지는 알아도 그 밖의 면에서 그 또는 그녀를 판단하는 방법은 없다. 그래서 결혼은 아무것도 모르는 상태에서 도박을 하는 것이라는 표현이 성립하는 것이다.

그리고 또 지금까지 말해온 것과 모순되는 것 같지만 남녀 모두 결혼할 때 안목이 없는 시기에 한다는 것은 참으로 절묘한 인생의 함정이라는 생각이 든다. 대체로 한 인간이 출생도 성장 과정도 취향도 전혀 다른 사람과 함께 살려는 생각 자체가 무모하지만 그걸 깨닫지 못할 정도로 젊은 시절에는 안목이 없는 것이다.

우리 부부가 결혼했을 때 남편은 올빼미형, 나는 아침형 인간이었다. 이처럼 일상생활에서의 습관은 그 사람의 개인적인 생리에까지 뿌리 내린 큰 문제다. 만약 내가 지금 혼자 살고 있고 매우 절친한 올빼미형 여자 친구와 같은 아파트에 산다면 올빼미형과 아침형이 갖는 생활 습관의 차이는 매우 중대한 요소로 작용할 것이고 어쩌면 그것 때문에 우정까지 깨질지도 모른다. 즉 그녀는 아직 기분 좋게 잠들어 있는 시간에 나 혼자 일어나 부스럭거리며 돌아다녀서 그녀의 화를 돋우다 더 이상 내 얼굴조차 보기 싫어하게 될지도 모르는 것이다.

그러나 이런 걱정은 중년이나 노년에 생각하는 것이고 젊었을 때는 그런 차이를 두려워하거나 걱정하지 않는다. '사랑만 있으면 된다' 고 생각한다. 또 어떤 면에서 젊은 시절 우리는 그야말로 아무 생각이 없다고 할지 유연하다고 해야 할지 아무튼 잘 타협해서 지내왔다. 요컨대 남편은 조금 일찍 일어나게 되었고 나도 조금은 올빼미 체질로 바뀌었으며 음식 취향은 매우 다양해졌다. 이 것은 오로지 상대와 자신의 인간성에 대해 특별히 이해도 공포도 경외심도 느끼지 않기에 가능한 일이고 그것이 젊음의 특권이기도 하다.

나는 때로 기묘한 생각을 해본다. 만약 우리가 체력과 '젊음' 에 의해 만인에게 보증된 그 사람 나름의 아름다움을 유지하는 20대 전반의 나이에 40~50대의 사람을 보는 안목이 주어진다면 어떨까를 말이다.

겉으로 보기에 그 인물은 평범한 결혼 적령기의 청년이지만 내면으로 그만한 안목이 있다는 점에서는 아마 일찍이 지구상에 존재하지 않았을 슈퍼맨이 될 것이다. 그리고 만약 누군가가 그 외면과 내면의 차이를 깨닫는다면 조금 무시무시한 사람이라고 여길 뿐 그런 젊은이에게 아무 매력도 느낄 수 없을 것이다. 다시 말해 젊음의 순진함과 사랑스러움이란 바로 어른다운 안목이 없다는 것, 두려움을 모른다는 것이다. 그리고 우리는 그런 무방비 상태의 젊은 시기에 배우자를 결정하는 폭거를 경험해야만 하는 것이다.

그러나 안목이 있다면 어떻게 될까. 결혼 적령기 같은 건 있지도 않을 테니 충분히 인간을 이해할 수 있게 되는 30대 후반부터 40대 사이에 상대를 찾아도 되는 것이다. 하지만 30~40대라는 시절에 상대를 찾기 어려운 이유는 자신이 상대와 어울리지 않을 것이라는 사실을 너무 일찍 간파해버린다는 데 있다. 다시 말해 자기 나름의 리듬을 갖고 정착된 생활을 해왔기에 상대에게 맞추기 위해 그 생활을 바꾸려다가는 오히려 그것 때문에 상대를 미위하게 될지도 모른다는 점을 사전에 알고 있을 테니 쉽사리 결혼을 하지 못할 것이다.

어쨌든 배우자를 선택하는 요소의 대부분이 운, 나머지 얼마 안 되는 부분이 사람을 이해하는 자신의 능력에 달려 있다고 해야 할 것이다. 상대가 자신을 비추는 거울이라는 것은 어쩌면 신이 교묘하게 만들어놓은 장치 같은 것이며, 자칫 실수로 자신이 이해할 수 없는 배우자를 만나면 그거야말로 이혼이라는 결과를 낳을지도 모른다.

그렇기 때문에 좋은 결혼을 하지 못했을 때 우리는 운이 나빴다고 불평해도 되겠지만, 어떤 부분에서는 안목이 없는 스스로에게도 책임을 물어야 할 것이다.

취향이랄까, 별것 아닌 것들이 더 중요하다

부부 사이가 원만하지 못하면 하루 하루가 공포의 연속이 된다. 나는 철이 들기 전부터 그런 공포 속에서 살았다. 아버지가 어머니와 나에게 부여한 다소 잔혹한 제재는 주로 어머니가 그때 가장 바라는 일을 묵살하는 형태로 나타났다. 예를 들면 어머니는 나한테 일본 무용을 배우게 했다. 그것은 내게 재능이 있기 때문이 아니라 딸의 '교육'을 구실로 아버지와 관계없는 생활을 즐길 수 있었기 때문이었다. 무용을 가르치던 선생님은 소박하고 욕심이 없는 분으로 발표회를 구실로 부담스러운 돈을 쓰게 하는 일도 없었기에 나는 해마다 발표회에 설 수 있었다. 그것은 '나의 성취감'이라기보다 '어머니의 성취

감' 이라는 요소가 큰 게 아니었나 싶다. 무용에 재능이 없어 체조처럼 보이는 춤을 추는 딸임에도 개의치 않고 대기실에서 떠는 수다, 평소와 확연히 다른 딸들의 모습을 이리저리 비교해보는 시간은 아무래도 사치스러운 위안이 되었을 것이다.

발표회 날은 3~4개월 전부터 정해지는 모양이지만 아버지는 직전이 되어서야 어머니에게 "당신이 그러면 발표회에 나가는 걸 허락할 수 없어." 하고 화를 내곤 했다. 그것은 발표회 참가비를 주지 않겠다는 의미기도 했고, 그런데도 여전히 어머니가 예정대로 실행하려고 하면 사람들이 있는 곳에서 큰 소리로 떠들어 어머니에게 망신을 주겠다는 의미도 담겨 있었다. 그것은 단순한 위협을 넘어 실제로 그렇게 한 적도 있었다.

아버지는 그렇게 어머니를 괴롭혀놓고 과연 기분이 좋았을까. 남편은 어려서부터 골목대장이었다는데 지금도 가끔 "맞아, 남을 못살게 구는 건 재미있거든. 그런 짓을 좋아하지 않는다는 건 거짓말이야." 하면서 싱글거리며 웃는다.

물론 그는 말만 그렇게 하지 누구를 못살게 굴거나 하지는 않지만, 남을 괴롭히는 건 나쁜 일이라며 꾸중을 해

댄다면 오히려 은근히 더 못살게 굴고 그 재미를 확인하고 싶어할지도 모른다.

다시 말해 아버지가 사디스트이고 어머니가 마조히스트라면 우리 부모는 가장 잘 어울리는 부부였을 것이다. 그런데 어머니는 극히 평범한 여자여서 오로지 아버지의 비위를 맞추고 마음에도 없는 복종과 사과를 반복함으로써 어떻게든 사회적인 약속을 준수하고 문제를 일으키지 않는 생활을 유지하려고 애썼다.

같이 사는 두 사람이 적대 관계인 상황에서는 하루도 마음 편할 날이 없었다. 하나의 방공호 안에 적의 병졸과 같이 있는 것과 비슷하다. 오늘은 어떤 문제가 일어날까. 이번에는 어떤 보복을 당할까. 어머니는 항상 불안에 떨면서 살았다. 그런 의미에서 긴장을 늦출 수 없는 스릴로 가득 찬 생활이었다고 해야 할 것이다. 그러나 어머니는 아버지 덕분에 이 세상에서 가장 괴로운 지루함이라는 지옥만은 경험하지 않았다는 사실을 아마 평생 깨닫지 못했을 것이다.

나는 어느 해인가 영국의 호화 여객선을 타고 로스앤젤레스까지 여행했을 때 거기서 우리 부모님과 전혀 다른 부부를 만났다. 배 안에서는 손님들이 지루하지 않도록 하루 종일 여러 행사가 열리는데 서로 얼굴을 익힌 한 부부가 거기서 수를 놓고 있었다.

그 남편은 엔지니어로 아마 지금까지 수예 같은 건 해본 적도 없었을 것이다. 아마 손으로 뭔가를 만들어내는 걸 좋아하는 부인에게 이끌려 처음 액자 같은 걸 만들어보고 그 재미에 푹 빠지게 된 것 같았다.

결혼한 후에는 부부의 취미가 다른 게 좋다고도 하는데 나는 그 점에서 원칙적으로 반대한다. 닭이 먼저냐 달걀이 먼저냐 하는 이야기가 될지 모르지만 원만하게 살고 있는 부부라면 자연스레 상대가 열중하는 일에 흥미를 가질 것이고, 자신의 흥미에 관심을 갖고 취미를 맞춰주는 상대가 좋아지기도 할 것이다.

물론 장난감 기차 놀이에 푹 빠진 남편을 보며 무슨 재미로 저러는지 정말 모르겠다면서도 원만하게 지내는 부부도 많다. 그러나 내 아버지처럼 상대가 흥미로워하는 일을 사사건건 묵살하려 들고 그것을 빌미로 걸핏하면 위협이나 하는 것은 가장 비열한 지배욕이라고 해야 할 것이다.

같이 사는 사람이 원하는 바를 채워주려는 것은 가장 자연스럽고 무리가 없는 감정으로, 그것이 없으면 가족을 구성하는 의미가 없다. 그 이유는 첫째, 가족이 아니라면 아무도 세심하게 거기까지 배려하는 사람이 없고, 둘째로 부부라는 것은 남이었지만 남이 아닌 관계가 되는 부조리한 관계기 때문에 상대가 원하는 것이, 예를 들어 사람을 죽이고 싶다거나 뭔가를 훔치고 싶은 내용이 아닌 이상 덮어놓고 그냥 들어줘도 되는 것이다. 법률조차 부부 혹은 부모와 자식에 대해서는 범인임을 알면서도 감싸는 것을 묵인한다. 그 정도로 맹목적이고 논리에 맞지 않는 동조까지 승인하고 있는 것이다. 그렇기에 그런 관용이 없는 부부라는 것은 본질적으로 부부가 아니라는 생각마저 든다.

물론 취미 자체는 대단한 게 아니다. 겨울이면 우리 집에서는 아침에 두 조각의 찰떡을 토스터에 넣는다. 그 사이에 남편은 말없이 인절미를 만들기 위해 콩고물과 설탕을 섞고 나는 간장과 설탕을 섞어 소스를 만든다. 우리 부부는 취향이 전혀 다르다. 나는 단것을 싫어하기 때문에 달디단 찰떡은 상상만 해도 진저리가 난다. 남편은 간장을 찍어 먹으려면 간장만으로 먹어야지 걸쭉할 정도로 설탕을 넣는 내 취향에 도무지 동의할 수 없다고 한다.

요지는 인절미를 좋아하는 사람이 있으면 적어도 콩고물이 떨어지지 않도록 마련해놓고, 설탕간장에 찍은 떡을 작게 잘라 꼼꼼하게 김에 말아 먹는 아내가 괜히 바보처럼 보여도 얼른 김이 든 통을 집어주기만 하면 그걸로 가족은 원만하게 지낼 수 있는 것이다. 내가 남달리 욕심이 없어서인지 모르지만 인절미를 먹으려고 하면 콩고물을 마당에 뿌려버리고, 김말이를 해서 먹으려고 하면 김통을 치워버리는 괴팍한 아버지와 한집에서 살아본 경험이 있어서 지금 같은 평범한 생활조차 고맙기 그지없다. 부부 사이가 좋지 않은 부부를 위해 한마디 대변하자면 평화로운 가정에서 자란 사람들이 생각하는 것 이상으로 상대의 마음을 전혀 배려하지 않는 부부가 (정도 차이야 있겠지만) 이 세상에 너무 많다.

몇 년 전 우리 집에 강도가 든 적이 있었다. 아무것도 가져가지는 않았지만 그는 나중에 내게 협박 전화를 해서 다음에는 반드시 죽이고 말 거라는 식으로 말했다. 그래서 나는 "피차 평범한 사람이니까 그런 연극 같은 말은 하지 맙시다."라고 말하기도 했다. 전화로 길게 이야기하는 동안 강도와 나는 사이가 좋아져서 그는 우리 집 방범 장치를 설치하는 방법까지 가르쳐주었다.

그가 왜 우리 집에 강도질을 하러 들어왔는지에 대해
서는 끝내 제대로 이해하지 못했지만, 그는 전과가 있었
고 교도소 안에서 내 방송을 들었기 때문이라고 했다. 그
래서 나는 내 시답지 않은 이야기 중 어떤 부분이 그의 비
위를 건드렸는지 물었지만 결국 그의 대답을 듣지는 못
했다. 교도소 안에서 방송되는 법무성 제작 프로그램이
라는 데에 나가기로 했을 때 어머니는 "그런 거 해봐야
나중에 좋을 거 하나도 없다."고 하셨다.

그러나 나는 그것을 그만두지 않았다. 내가 이야기를
하면 죄수가 마음을 고쳐먹을 거라고 생각한 건 아니다.
프로그램은 에세이식으로 아무것도 아닌 이야기였지만
나 같은 사람이 뒤탈이 두렵다며 출연하지 않으면 나 말
고도 그런 사람이 계속 나올 것이고 그러다보면 프로그
램을 제작하는 것도 곤란해지겠구나 싶었기 때문이다.

나는 어머니 예언대로 강도가 방송에서 듣고 내 이름
을 알았다는 것을 어머니에게는 감추고 말하지 않았다.
그러나 강도 사건이 일어난 지 몇 달 뒤에 필시 아무것도
모를 법무성의 프로그램을 만드는 프로듀서가 다시 출
연해달라고 했을 때 나는 수락해놓고 나서 남편에게 말
했다.

"법무성 프로그램에 다시 출연해달라는데 어떻게 할까요?"

이미 그 제의를 수락해버린 후였지만 여기까지 와서 나는 다시 한 번 거짓말을 하고 남편이 반대했더라면 어떻게든 양해를 구하는 표정을 지어 보였을 것이다. 그런데 남편은 아무렇지도 않게 말했다.

"나가요. 단, 걱정하실 테니 어머니한테는 아무 말도 하지 말고."

그때 나는 우리의 결혼은 근본적으로 성공한 것이구나 싶었다.

사실 그것은 아무것도 아닌 사소한 걱정이었고 계산이었지만 한 쌍의 부부를 이어주는 근본적인 신뢰라는 측면에서는 큰 것이었다. 만약 그때 남편이 "그만둬요. 괜히 그런 일에 끼어들었다 강도나 불러들인 거 아니오." 하고 말했다면 그의 계산적인 판단 기준에 대해 두 마디도 하지 않고 남편에 대한 존경과 신뢰를 잃었을 것이다. 그러나 혹시 나도 남편도 현실적인 계산을 믿고 '언짢은 무리와 상대하지 않는다' 는 주의가 일치했다면 그때는 또 그때대로 잘 어우러졌을 테고 그런 관계도 성공한 부부라고 할 수 있다.

이것은 철학이라고 할 정도로 큰 문제는 아니다. 인생관이라고 할 정도의 문제도 아니다. 삶의 취향에 대한 사소한 문제일 것이다. 그러나 근본적인 출발점에서부터 생각이 어긋났더라면 적어도 남편과 아내는 상대가 옆에 있어도 고독함을 느꼈을 것이다.

돈은 양날의 칼이다

나는 돈에는 별로 강하지 않다. 돈에 의해 얻어지는 환경 때문에 금방 주눅이 들거나 기운이 나거나 한다. 배가 고프면 괜히 화를 벌컥 내거나 조금 추우면 아무 생각도 하지 못한다. 그런 상황을 쉽게 개선할 수 있는 것 역시 돈이라는 사실을 알기에 가끔 쓸쓸한 생각이 들기도 한다.

그러나 세상은 돈으로 모든 것을 해결할 수 있는 게 아니라는 진실 역시 골수에 사무치도록 알고 있다. 결혼 생활을 성공적으로 원만하게 유지할 수 있는 주요 요인이 돈은 결코 아니지만 파국을 맞는 원인 가운데 하나로 돈을 꼽을 수는 있다. 뿐만 아니라 조금 더 정확하게 말하자면 돈을 쓰는 방식을 보면 인간의 마음이 그대로 드러나기 때문에 돈으로 말미암아 부부 관계가 깨져 아예 남보다 더 서로 미워하는 관계가 되는 경우도 적지 않다.

결혼할 때 가장 딱한 것은 돈이 있다고 여기는 집의 자녀들이다. 세상에서는 이런 집 자녀를 두고 금수저를 입에 물고 태어난 '행운아'라고 하지만 내가 보기에 그들은 장애를 안고 태어난 사람으로밖에 보이지 않는다. 그 돈을 노리고 결혼하자고 다가오는 이성이라면 좋은 사람일 리가 없을 것이고, 돈과 인연이 없는 상황에서 마음이 잘 통하는 상대는 그런 집 아들과 딸이 불편해서 가까이하지 않는 경우가 많다. 왠지 돈이나 물건을 노리고 가까이한다는 오해를 받을까봐 거북하게 느끼는 것이다.

'돈이 부부 생활을 원만하게 유지하는 데 도움이 되는가' 하는 질문에는 도움이 되는 경우도 많지만 결정적으로 무너뜨리는 경우도 있다는 양날의 칼 같은 사례를 나는 참으로 많이 봐왔다.

우리 부모님이 불화 속에서도 어찌어찌하여 30년 가까운 세월 동안 부부 생활을 유지할 수 있었던 것은 최소한의 생활을 영위해나갈 만큼 경제적으로 안정되었기 때문일 것이다. 특히 전쟁 전에는 돈이 두 사람의 관계를 유지하는 데에 크게 도움이 되었다. 소박하게나마 두 사람은 여행도 자주 했다. 당시 서민이 생각하는 것이니 여행이라고 해봐야 기껏해야 닛코, 호소 반도 또는 하코네, 아타미 등 가까운 온천이나 멀어봐야 교토, 나라 정도였을 것이다. 물론 여행하는 동안에도 어머니는 아버지의 기분이 언제 나빠질까 마음을 졸이면서 다녔지만 그래도 대개 인간은 쉴 때는 기분이 좋게 마련이어서 아버지가 어머니에게 화를 내는 경우는 많지 않았을 것이다. 여행은 우리 가족에게는 일종의 구원이었다.

내가 유치원에 다닐 때 우리 일가는 닛코의 화엄폭포 앞에서 사진사에게 기념 사진을 한 장 찍었는데 그 사진을 가만히 보면 내 얼굴이 어린애 같지 않게 빙긋이 웃고 있다. 초등학교에 들어갈까 말까 한 어린 나이의 아이라면 기념 사진을 찍는다고 해도 뚱하거나 노느라 정신이 팔려 있는 게 보통인데 나는 정말 의식적으로 웃고 있었다. 나는 그 사진을 보면 내가 가엾어진다. 아마 그 순간에 나는 부모님이 다투고 있지 않은 것을 진심으로 기뻐한 건지도 모른다고 생각할 때도 있고, 사실 사진을 찍기로 하고 나서 다시 두 사람의 분위기가 험악해져서 어떻게든 그 상황을 무마해보려고 어머니와 내가 필사적으로 웃는 게 아닐까 짐작해보기도 한다. 아무튼 희한하게도 그 사진 안에서는 아버지만 웃지 않고 어머니와 나만 자못 행복한 듯 열심히 웃고 있다.

결국 우리 부모님은 돈이 조금 있는 덕에 두 사람의 결혼 생활을 길게 유지한 셈이다. 그것이 다행인지 불행인지는 모르겠지만 어머니도 물질적인 계산을 해본 다음 이혼하고 초라하게 사는 것보다 자식도 있으니 남이 보기에 흉하지 않은 생활을 참고 유지하는 게 득이라고 생각했을 것이다. 내가 결혼한 후 두 사람이 이혼하는 데 절반 이상은 내 역할이 컸다. 그 후 아버지는 재혼하여 새 출발도 했고, 나도 몸만 빠져나온 어머니를 받아들일 수 있을 만한 경제적 능력을 갖추게 되었다. 그때까지 어머니는 아버지가 재산을 나눠주지 않을 테니까 먹고살 방법이 없어 이혼할 수 없다고 했다. 하지만 나는 젊을 때부터 차갑고 무뚝뚝한 성격의 딸이었기에 어머니가 그런 계산을 할 정도면 아직은 아버지와 꼭 헤어져야 할 정도로 힘들지 않은 거라고 생각했다. 인간은 정말 지긋지긋하게 싫으면 이해득실을 떠나 자유만을 갈망할 테니 어머니처럼 헤어진 후의 일을 걱정하는 상황이라면 아직 여유가 있는 것이다.

여기서도 돈이 이상한 작용을 했다. 만약 그때 내가 나 혼자만 살기에도 빠듯해서 어머니와 같이 살 형편이 아니었다면 어머니는 어쩔 수 없이 아버지 옆에서 좀 더 살았을 것이고, 그렇게 했다면 '지옥 같은' 긴장을 풀지 못하고 일찌감치 치매에 걸리지나 않았을까 하는 생각을 한다. 그러나 그 시점에서 딸인 내가 어머니를 자유롭게 해주어서 어머니는 돌아가실 때까지 아버지의 안색을 살피며 쩔쩔매는 인생을 살지 않았다고도 할 수 있다. 다시 말해 돈이라는 것은 결혼 생활에서 인간의 약한 부분을 채워줄 수도 있고, 약한 부분을 더 약하게 만들어 견딜 수 있는 어려움도 견디지 못하게 하기도 한다. 돈이 갖는 이 양날의 칼 같은 성격은 어쩔 수 없는 것이라 오로지 인간이 이것을 얼마나 제대로 의식하고 현명하게 사용하는가 만이 문제될 것이다.

그러나 나는 막연하게나마 돈이 있는 상황이 없는 상황보다는 결혼 생활을 파괴하는(그것도 결정적으로) 비율과 힘이 강하다고 생각한다.

내가 아는 어떤 부인은 부모에게 재산이 있어 남편이 데릴사위로 들어왔다. 조상 대대로 물려받은 산이 있고 양조장 사업을 운영해서 사는 데 경제적으로 전혀 불편

함이 없었다. 결혼 당시에는 사위도 가업을 익혀야 한다
며 부부가 같이 일했지만 얼마 후 도쿄에 아파트를 사서
절반은 거기서 지내게 되었다. 그녀의 남편이 영업 부문
을 맡아 그랬다는데 그 무렵부터 나는 그 부부를 볼 때 불
안한 느낌이 들기 시작했다. 이윽고 젊고 재기 발랄한 이
집의 부인은 도쿄의 일뿐 아니라 해외 출장도 자주 가기
시작했다. 내가 넌지시 "업무 때문에 가나요?"라고 물으
면 "예, 일도 좀 있고…."라고 대답한다. 그 대답하는 목
소리에서 업무는 핑계이고 놀러가는 기색이 역력히 드러
난다. 좋게 말하면 그녀는 그만큼 거짓말을 잘 못하는 여
자인 것이다. 그런데 바쁜 남편을 두고 떠나는 이 혼자만
의 해외 여행에서 유복한 사모님은 다른 남자들과의 이
른바 '자유로운 교제'에 눈뜨게 되었다.

　"난 어딜 가나 인기가 있어서…."라고 그녀는 말했다.
미인이고 마음씨도 좋으니까 분명 인기가 없지는 않겠지
만 그녀에게 다가오는 남자들은 이런 사모님만큼 안전하
고 돈도 들지 않는 불륜 상대는 없을 거라고 생각한다는
사실을 그녀는 전혀 눈치 채지 못하는 것이었다.

　어쨌거나 유복한 가정에서 자란 아가씨 기질 때문에
그녀는 어떤 남자가 식사라도 대접하면 다음에는 보답으

로 자기가 내겠다고 하지 않고는 가만히 있을 수 없었다. 그녀가 자란 가정이 그런 식으로 훈련시킨 셈이다. 해외에 있는 일본의 엘리트 사원들 입장에서 비밀이 탄로날 우려도 없고 나중에 말썽을 일으킬 걱정도 없는 미녀가 경제적인 부담조차 주지 않으면서 놀아주는 것이니 이보다 더 편리한 불륜 상대는 없을 것이다. 그것을 그녀는 자신이 인기 있는 것이라고 해석한 것이다.

　세상은 처음에 이 부인의 행동을 모르는 사람은 남편뿐이라고 생각한 것 같지만 나는 그렇게 생각하지 않았다. 이런 변화를 가장 빨리 알아채는 건 어떤 경우에도 배우자다. 단지 이 부부에게도 다른 부부가 제각기 남에게 말할 수 없는 이유가 있듯 아내를 외국으로 보내주는 데는 그만한 이유가 있었다. 그녀에게는 천식이 있었고 일본을 떠나면 몸 상태가 그런대로 좋아지는 것이다. 그것은 물론 응석받이의 심인성 증상일지 모르지만 일본에 있을 때면 어김없이 어떤 시기가 되면 호흡이 곤란해져서 입원하고 부신피질 호르몬을 복용하여 증상을 억제하는 치료를 되풀이한다. 아내의 몸 상태가 이러니 남편은 자신의 아내가 외국에 가서 건강하게 돌아다니는 것이 더 낫다고 자연스럽게 생각했을 것이다. 사실 그 무렵 그녀의 남편은 아내가 외국에만 나가면 그때부터 안도하는 표정이 되었다. 밤중에 일어나 구급차를 부르거나 병원으로 갑자기 불려가는 일도 없고 그 동안은 편안하게 숙면을 취할 수 있기 때문이다.

사정을 모르는 사람들은 이 부부를 제각기 비난했다. 마누라를 보고는 음탕한 여자라고 했고 남편에 대해서는 돈을 노리고 그 집에 데릴사위로 들어갔으니 마누라가 무슨 짓을 해도 아랑곳하지 않는 거라는 식으로 말이다. 그러나 나는 그렇게 생각하지 않았다. 어지간히 특별한 정신 구조가 아닌 이상 같이 살면 정이 들게 마련이다. 아내라고 생각하면 용서할 수 없는 일도 여동생이라고 생각하면 원하는 대로 해주고 싶다는 발상이 드는 것은 엄연한 사실이고 그도 생각이 거기까지 미쳤을 것이다.

이 여성은 자동차 사고로 죽어버렸기 때문에 이혼이라는 파국 없이 자연스럽게 부부 문제가 해결된 셈이지만 이 부부 같은 경우 만약 돈이 없었다면 처음부터 이런 도피적 관계가 되지 않았을 것이다. 그래서 더 빨리 부부 관계가 무너졌을지도 모르지만 유지되었다면 좀 더 건강한 관계가 되었을 것이다.

또 다른 사람으로 재산이 있는 여자를 아내로 맞이한

남자의 예를 들어보겠다. 남자의 직업이 무엇인지는 잘 모르는 채로 끝났지만 어쨌거나 그는 종업원 20~30명을 둔 기업주였다. 흔히 작은 회사를 운영하려면 아내와 둘이서 하라고 말한다. 아내와 함께 꾸려가는 회사라면 집이 사무실이 되고 월급이 제 날짜에 나오지 않는 일도 내부에서 해결할 수 있다. 그러나 30명이나 되는 종업원을 거느린다는 것은 당연히 월급이나 보너스 지불 때문에 곤란해지는 사태도 생길 수 있다.

그 사람은 당연하다는 듯이 아내에게 돈을 빌려달라고 했다. 융통해야 할 돈의 액수가 많을 때는 아내 명의로 되어 있는 집을 저당잡혀 돈을 빌리는 방법을 생각했다. 그러나 이 사람의 아내는 그 제의에 응하지 않았다. 부부 사이에 너무 냉정하다고 말하는 사람도 있었지만 그녀와 아주 친한 사람의 말에 의하면 그건 부부의 사정을 모르는 사람의 일방적인 비난이라고 한다. 그 여자의 남편은 겉모습을 중요시 여기는 성격이라 회사 건물은 평판이 좋은 곳, 종업원 수는 많을수록 좋다고 생각했다고 한다. 그의 아내는 처음부터 남편의 그런 성격을 고치기 전에는 자기가 돈을 아무리 쏟아부어도 본질적인 문제는 해결되지 않는다고 본 것 같다. 급한 사정을 넘기기 위해 돈을 융통해주는 것이라면 보람도 있다. 그러나 남편의 사치스러운 성격 탓에 생기는 사태라면 도와줘봐야 막상 일이 터질 때는 아내에게 말하면 어떻게 될 것이라는 손쉬운 방법을 택하는 행위가 반복될 것임을 그 여자는 알고 있었던 것이다.

그녀가 그때 자기 명의의 재산을 빌려주었다면 남편이 사업상의 위기를 피했을지 어떨지는 아무도 알 수 없다. 그러나 남편은 이 일로 아내는 자기 신변의 안전만 생각하고 남편을 도우려 하지 않았다고 생각하게 되었고 이윽고 그 불만을 털어놓을 여자 친구를 찾기 시작했다. 이 여자 친구도 직업이 있는 사람이었는데 그에게 돈을 빌려주지 않는다는 점에서는 똑같았다. 그러나 그는 아내와 달리 이 사람은 자신을 자상하게 배려한다고 생각했고 이어서 부부는 이혼했다. 그 무렵 이 아내 쪽은 "기왕 헤어지는 거니까 남편이 그 여자와 결혼하면 좋겠어요." 하고 말했다는데 실제로 그렇게 되지는 않았다. 이 부부도 만약 처음부터 부인에게 돈이 없었다면 남편도 부당한 요구를 하지 않았을 것이고 거절당하고 서운해하는 일도 없었을 것이다. 이에 비하면 돈이 없는 부부의 유대 관계가 오히려 순수하다.

아내가 미심쩍은 종교의 교주에게 돈을 갖다 바친다고 화를 내는 남편도 있고, 기부금을 내는 것에 대해 못마땅해하는 남편을 인정이 없다고 보는 아내도 있다. 부부가 같이 수전노이거나 똑같이 인심이 후한 사람들이라면 문제가 없지만 대부분은 서로 차이가 큰 부부가 더 많기 때문에 돈은 결혼 생활을 원만하게 유지해나가는 데 비중 있는 요인이 된다.

'돈으로 해결할 수 있는 일 정도는 해결할 돈'을 갖는 게 좋다고 나는 생각한다. 그러나 진정한 신뢰나 존경, 사랑은 돈이 있다고 살 수 있는 건 아니다. 돈도 없고 때로는 건강조차 타고나지 못한 사람도 사랑받을 수 있는 것 또한 부부이기에 가능한 일이다.

부부 생활에서 성의 범위는

나는 남자의 생리에 대해서는 전혀 이해하지 못하는 편이지만 크게 나누어 남자 중에도 두 종류의 사람이 있는 것만은 확실하다. 다시 말해 극히 일반적인 그룹은 모든 인간 행동의 근원을 성욕이 아닌 다른 것으로는 생각하지 못하는 것이다. 다른 한 무리는 성욕은 기아나 위기감 같은 다른 요인에 의해 너무 쉽게 감퇴하는 것이라서 인간 생활에서 결코 가벼운 요소는 아니지만 식욕처럼 인간의 존재 자체를 좌우하는 결정적 요소는 아니라고 여기는 그룹이다. 만약 결혼이라는 제도의 최대 요소가 성욕을 채우는 것이라면, 남녀가 굳이 결혼이라는 형태를 취하지 않아도 되는 것은 아닐까 싶다. 오히려 성적으로 항상 완전하게 채워지는 상태만을 원한다면 상대는 매춘부가 더 나을 수도 있다. 결혼 생활에서 필요한 성은 좀 더 광범위한 것이고, 그것은 단순히 동물로서의 성행위만이 아닌 깊은 정신적인 범위까지 포함하는 것이다. 그래야 비로소 매춘부를 대할 때와 다른 부부의 공동생활이 탄생한다.

재미있는 것은 성에 대해서도 인간은 자기와 똑같이 반응하는 형태가 건전하고 옳은 것이며, 자기 이외의 모든 인간은 정상이 아니라고 간주하고 싶은 듯하다는 점이다. 여자인 내가 볼 때 항상 성행위를 하고 싶어 몸이 근질거리는 남자에 대한 이야기를 자주 듣지만 한편으로는 회사 업무가 복잡한 요소를 띠거나 생활을 꾸려갈 수 없을 정도의 위기적 상황이 주변에서 발생하면 가장 먼저 감퇴하는 것이 성욕이라고 주장하는 무리가 있는 것도 사실이다.

다시 말해 인간을 능력이 아니라 장교, 하사관, 병사라는 식으로 직급을 나누면 전쟁터에서 가장 먼저 성욕을 잃는 대상은 장교일 것이라고 생각한다. 장교형 업무에는 '오늘은 이걸로 끝'이라고 말할 수 있는 책임의 한계가 없기 때문이다. 분명히 하루의 싸움이 끝나고 일단

'잘 싸웠다'며 해산하여 숙소로 돌아가서도 그의 머릿속에는 다음 전투에 대해, 병졸들의 인사 관리, 부하들의 심리적인 움직임 등 생각해야 할 일이 산더미처럼 많다.

나는 최근 소설을 집필하기 위해 아주 잠깐 산부인과 분야를 공부했는데, 인간은 이따금 성염색체 이상으로 반음양半陰陽으로 불리는 기형이 나온다는 것을 알게 되었다. 이런 기형은 남자와 여자라는 양쪽 심리를 다 이해하고, 남자와 여자가 다르게 느끼는 성의 쾌락을 모두 체험하는 게 아닐까라고 생각하는 것은 나 같은 초보자의 무지에서 비롯한 편견이고, 그들은 안타깝게도 남자나 여자 그 어느 쪽도 될 수 없다. 그리고 이러한 병적 증상을 읽다보면 남자도 여자도 될 수 없다는 것은 결국 인간으로서 안정되지 않았다는 것을 나타낸다.

어쨌든 인간은 성적 동물이라는 기반 위에 존재하면서도 결코 성만이 아닌 심리적·정신적인 부분이 있으며, 그 부분도 어디까지나 성의 지배를 받는 데다가 동물적인 성의 영역에 대해 그저 단순히 동물적일 뿐 아니라 그것을 초월하는 무언가가 있음을 시사한다.

그래서 조금 전의 분류로 돌아가자면 정신적 분야의 일을 많이 하는 사람 중에는 성생활을 자주 하지 못하는 사람이 나온다. 한편 하사관이나 병사 같은 직책에 있는 사람은 책임의 한계가 정해져 있다. 한 전투가 끝나면 그 다음 날까지 (개인적으로 생각에 골몰하는 경우는 있겠지만) 그의 책임은 없다. 관리직이 아닌 사람들 역시 업무가 끝나면 일단 다음 날 아침 일을 시작할 때까지 특별히 생각할 일도 없다. 그래서 성적인 인간으로서의 시간도 보장되고, 에너지도 심리 상태도 매우 자연스럽게 회복하는 것이다.

물론 이것은 일반론이고 개인에 따라 다를 수 있다. 성격, 경험과 연륜, 일에 임하는 반응의 유형 등이 모두 달라서 일괄적으로 뭐라고 말할 수는 없다. 아무리 목숨을 건 전투가 계속되어도 여자를 데리고 돌아다니는 장교도 있을 수 있고 회사가 망해가는데도 내연녀에게 가서 집으로 돌아오지 않는 사장도 있다. 영웅이 색을 좋아한다는 것도 사실이다. 그러나 내가 말하고 싶은 것은, 성적으로 힘이 넘치는 유형의 남자만 남자로 여겨서 문학, 풍속, 만화에 항상 주인공으로 등장하지만 세상에는 성적으로 극히 담백한 남녀도 적지 않다는 사실이다. 그런데도 그들을 만화나 소설에서 다루지 않는 것은 편파적인 취향이 아닐까 싶다.

나는 몇 년 전에 《신의 더러운 손》이라는 소설을 썼다. 주인공은 산부인과 의사다. 말하자면 성이란 그의 입장에서 인술과 상품이라는 양쪽의 대상이다. 그의 아내는 점괘에 푹 빠진 로맨틱한 성격으로 늘 연애 비슷한 행각을 되풀이한다. 그는 그런 아내와 이혼도 하지 못한다. 아내라기보다 위로해줘야 할 누이동생처럼 여기면서 이따금 화가 날 때는 있어도 상처를 입고 돌아오는 아내를 말없이 집으로 맞아들인다. 42세인 그는 아내와 이미 성생활을 하지 않은 지 오래되었다. 그러나 그가 결코 이성에 흥미가 없는 건 아니다. 특정 부류의 환자나 죽은 누나의 친구 같은 사람에 대해서는 어느 순간 문득 선을 넘어도 될 것 같은 기분이 든다.

이 주인공에 대해 나는 다양한 남자들에게서 재미있는 비평을 들었다. 42세의 남자가 아내와 성관계를 하지 않는다니 믿을 수 없다는 부류. 아니 조금도 부자연스럽게 느끼지 않았다는 것이 그 반대 의견이다. 여자인 나는 뭐라 말할 수 없다.

내 주변의 남자들 이야기를 들어보면 그들의 아내에 관한 이미지는 또 다르다. 내 남편 미우라는 환갑을 눈앞에 두었지만 그와 동년배 남자의 아내들은 믿을 수 없을 정도로 섹스를 꺼리는 여자가 많다고 한다. 그 가운데 걸작은, "나잇살이나 먹은 사람이 그런 애들 같은 짓을 어떻게…"라는 모 부인의 명언에는 모두 배를 잡고 웃었다. 남편들의 이야기를 들어보면 섹스를 너무 좋아해서 남편이 집에 들어오기만 하면 집요하게 '요구하는' 유형의 아내는 아무리 봐도 없다. 그래서 남편을 잠도 못 자게 하는 아내는 혹시 여자의 이상형을 묘사한 게 아닐까 하는 의심도 할 수 있는 것이다. 오히려 어떤 사고를 겪은 후에 성격이 변해 미친 듯 색을 밝히게 된 남편을 견디다 못해 이혼한 경우도 있다. 그러나 아내가 섹스를 싫어하는 남편들은 어찌 된 영문인지 한 사람도 이혼하지 않는다.

여자가 보기에 도저히 이해할 수 없는 남자의 심리는 자기 아이가 태어날지도 모르는 행위를 다른 여자와 하면서도 대부분 그 결과를 걱정하지 않는다는 것이다. 이것은 솔직하게 말하면 출산을 해본 적이 없는 남자의 선천적인 상상력 부족에서 오는 특수성 때문일 것이다. 즉 혹시 자기 아이가 어딘가에서 태어나 자라고 있을지도 모르는데도, 다른 일에 대해서는 먼 앞날까지 예측하는 사람도 이런 행위를 하는 것에 대해 전혀 아랑곳하지 않는다는 것은 정말 알다가도 모를 일이다.

이것은 여자인 나로서는 도저히 이해할 수가 없다. 나 같은 사람은 냉정하고 무책임한 어머니라고 생각하지만 그래도 나도 모르게 태어난 내 아이가 어딘가에서 자라고 있다고 생각하면 내 팔다리 하나가 떨어져 멀리서 굴러다니는 느낌일 것이다.

나는 유럽에 대해서는 잘 알지 못해 자연히 내가 아는 나라를 빗대서 이야기할 수밖에 없다. 예를 들어 동남아시아 국가에서는 아직도 매춘 행위가 공공연하게 인정되는 곳이 있다. 이 장사만은 아무리 매춘 금지법을 만들어도 결코 근절되지 않는다. 어떤 나라에서는 초등학생 같은 어린애 티도 벗지 않은 매춘부가 손님을 기다리기 위해 그 시에서 가장 높은 호텔의 커피숍에서 요란하게 화장을 하고 얼쩡거리고 있었다. 다른 지방의 도시에서는 오래된 성의 무너진 흙더미 안쪽에 파란 형광등이 쓸쓸하게 빛나는 얼핏 보기에 미장원 같은 가게가 있고 그곳에 빨간색이나 검은색 드레스를 입은 여자들이 앙상하게 야윈 결핵 환자처럼 앉아 있었다.

일본인 남자들은 외국에 가면 당연한 듯 그런 곳에 가서 자기 딸과 비슷한 또래의 여자를 품에 안는다. 비교적 반듯한 생활을 하면서 자기 딸이 고등학생 무렵부터 남자 친구와 성관계를 맺기라도 하면 불같이 화를 내며 딸을 죽일 것처럼 야단치는 사람도 다른 여자나 외국의 어린 아가씨, 이름도 모르는 가난하고 무력한 매춘부와는 아무렇지도 않게 성행위를 즐긴다. 그녀들이 성병뿐 아니라 결핵, 간염, 한센병, 피부 질환 등을 앓을 가능성이 있다는 것을 충분히 알면서도 그러는 것이다.

"병이 옮을지도 모른다거나 꺼림칙하다고 생각하는 사람은 없나요?"

어느 날 나는 외국에서 만난 한 일본인에게 물었다. 그런 즉흥적인 대화가 가능해 보이는 사람이었다.

"우리 회사에선 지금 30명 안팎의 사람이 이곳에 와 있는데 그중 꺼림칙해서 매춘가에 절대 가지 않는다고 말하는 사람은 한 명뿐입니다. 하지만 그 사람은 성격이 좀 까다로워서 동료와 원만하게 지내지 못하는 사람이지요."

글쟁이인 나는 어느새 즉흥적이고 단순한 평소의 사고방식대로 내가 남자라면 주말마다 매춘부를 사러 가는 것도 제법 스릴 있겠다는 생각을 잠시 했다.

매춘부든 누구든 인간과 깊은 교류를 한다는 것은 두

말할 나위 없이 흥미롭다. 그러나 매춘부라는 직업에 종사하지 않은 이상 여자는 좋아하지도 않는 상대와 아무렇지도 않게 성관계를 갖는다고는 말하기 어렵다.

일본에서 태어난 자기 자식에게는 공부해라, 일류 대학에 들어가라고 아내와 한통속이 되어 다그치는 남자의 다른 자식이 남쪽 멀리 전기도 없는 벽지에서 태어나 성장하고 있을 수도 있다. 그 아이는 맨발로 바나나나무 그늘에서 서성거리며 성장하고, 학교를 가려고 해도 그런 지적 환경의 혜택을 전혀 받지 못하고 그냥 끝없이 펼쳐진 한가로운 자연에서 자란다. 그 아이는 때로 좀도둑질이나 날치기를 하기도 하고 거짓말하는 것도 배워서 여자라면 다시 매춘부가 되거나 남자 같으면 건달이 되기도 한다. 그것도 나쁘지 않은 일생이라는 것을 나는 너무 잘 알지만 그 원인을 제공한 남자들은 아마 거기까지는 명백하게 예상하지 못했을 것이다. 그 점도 여자는 이해하기 어렵다.

남자와 여자가 결혼이라는 형태로 살아가는 이상 성의 영향을 받지 않을 수는 없지만 성행위라는 것은 결혼생활 중 극히 일부분일 것이다. 20대 후반부터 20년 가까이 큰 병을 앓아 병원에서 거의 살다시피 하던 어떤 남자가 자신은 인생의 가장 중요한 부분을 잃은 것 같다고 했다. 그때 나는 그가 자신이 예술에 써야 할 시간을 잃었다기보다 아내와의 관계에서 가장 충실한 육체적인 관계를 가질 수 있는 기간을 잃었다는 식으로 해석했다. 그의 아내는 꽤 미인이었고 아이 하나를 낳은 후의 여자가 가장 매력적이라고 하는 말이 사실이라면 그는 바로 훌륭하게 농익은 화려한 과일을 눈앞에 보면서 손가락 하나 댈 수조차 없었던 건지도 모른다. 그러나 그 부부는 헤어지지도 않았고 40대 생활을 조용하게 유지하고 있었다. 이제 젊지는 않았지만 늙은 것도 아니었다. 모든 것을 잃은 처지도 아닌 것이었다.

만약 부부 사이의 성관계만이 그토록 중요하다면 이 부부는 진작 헤어졌을 것이다. 그러나 부부 간의 성이라는 것은 그 정도로 좁은 의미의 행위가 결코 아니기에 이 부부는 자연스럽게 40대를 맞이한 것이다. 아내가 차리는 밥상, 부부의 대화, 자녀의 눈으로 본 어머니와 아버지의 역할과 같은 그런 모든 것이 성적인 영위인 것이다.

배우자의 성실함과 게으름

내가 자란 집은 전형적으로 '성실하고 고지식한' 소시민층 가정이었다. 그래서 나는 전당포 같은 데는 가본 적이 없다. 일가의 경제적 위기는 어릴 때부터 몇 번 경험했지만 끼니가 없어 쌀을 꾸러 다닌 적은 없었다.

대출은 받는 사람이 득이라는 게 상식이 된 시대에 돈을 빌려야 할 정도라면 돈이 필요한 일을 하지 않아야 한다고 생각하는 게 더 편했다. 나는 굳이 분류하자면 '어떻게 되겠지' 하는 낙관적인 성격이지만 결혼한 상대 역시 투자하거나 사업하고 돈을 빌리는 걸 싫어하는 성격이었기에 그 습관은 자연스럽게 정착되었다.

내가 자란 집이 '성실하고 고지식한' 가정이었다는

표현이 좋은 의미를 갖는지 어떤지는 또 다른 문제다. 성실하고 고지식하다는 특징은 주로 두 가지 면에서 분명하게 나타났다. '규칙을 지키는 것', '노력해서 향상을 바라는 것'이다. 그러나 이 향상의 목적으로 삼은 것도 그렇게 명확하지 않다. 지적으로 향상하겠다는 느낌도 있고 소박하게 저축하거나 집을 아름답게 꾸미는 것을 그 목표로 삼는 면도 있다.

불단이나 가정용 신전은 갖춰져 있어도 사실 신앙심이 있었다고 생각할 수 없는 가정이었지만 그런 것을 모두 아우르는 형태로 '노력'이라는 것이 있었다. 생각해보면 '노력'은 여러 개념을 대변한다. 재능을 부분적으로 보충하기도 하고 부족한 기술·시간·돈 등을 보충하는 개념도 있다.

적어도 노력은 평범한 사람이 갖기에 결코 나쁜 건 아니라는 생각이 일반적이다. 오히려 노력을 도덕적으로 '좋은 일'로 여기는 것이 보통이고 나 역시 옛날에는 그 효용을 의심한 적이 없다.

아니, 지금도 그 개념은 한편으로는 진실이다. 노력해서 알코올의존증에 걸렸다거나 노력해서 살인을 했다거나 하는 이야기는 들어보지 못했다. 노력하면 길이 열린다는 것도 맞는 말이다. 취미도 노력을 하면 차츰 재미가 늘다가 자기도 모르는 사이에 본업처럼 되는 경우도 많다.

그러나 노력이라는 것조차 절대적 가치가 있는 개념이 아님을 나는 결혼한 후에야 알았다.

나의 결혼 상대는 약간 독특한 가정에서 태어났다. 시아버지는 이탈리아어 학자에 저널리스트였으며 시어머니는 옛날에 큰 인기를 얻지는 못했지만 신극의 여배우였다.

이분들은 진보적인 성향의 사고방식을 갖고 있어 자식은 자유롭게 키우겠다고 생각했다. 자녀의 정신이 뭔가에 규제받는 것을 원하지 않았다. 남편이 어릴 때 숙제를 하면 그의 아버지는 화를 냈다고 한다. 마음에서 하고 싶지 않은 일을 하는 사람은 노예 정신을 갖고 있다는 것이다. 그의 부모님은 아들이 '성실하고 고지식하게' 꼬박꼬박 뭔가를 하는 걸 원하지 않았다. 다시 말해 시아버님이 생각하기에 노력이라는 건 노예가 가져야 할 덕목이었다.

결혼했을 때 나는 결코 살림에 유능하지 않았지만 그래도 내가 자란 가정의 영향으로 뭐든 제대로 해야만 한다고 생각했다. 청소나 세탁 등 깨끗이 하는 일은 어머니가 거의 강박증에 걸릴 정도로 잘해서 나도 저절로 깨끗한 걸 좋아하게 되었다. 음식 만드는 일은 처음에는 소질이 없었지만 사다 먹는 반찬을 포장된 채 접시에도 옮기지 않고 상에 올리는 것은 맛이 있고 없고의 문제가 아니고 보기에도 좋지 않다는 생각이 몸에 배어 있었다. 그래서 나는 극히 상식적으로 집 안을 다른 집처럼 누군가의 손길이 느껴지는 곳으로 유지하고 싶었다.

노력은 한편으로 '관습' 자체여서 나는 내가 자란 가정에서 배운 것 중 주로 타인과 관계가 있는 일만 지키려고 했다. 다시 말해 병문안, 각종 축하할 일과 문상에 관한 것, 계절 인사 등의 행사는 관습에 따르는 게 좋을 거라고 생각했다. 이러한 계절 인사는 자신이 앞으로 그 사람과 사귀어두면 득이 되어서가 아니라 신세를 진 데 대한 감사의 마음을 표시하는 것이라 아무 저항 없이 할 수 있었다.

나의 친정아버지는 성정이 괴팍한 사람이었지만 '물건에 치사한' 것을 유난히 싫어해 남에게 '받기만 하는' 것은 생각도 할 수 없었다. 그래서 나는 설사 이쪽에서 아무것도 드리지 않더라도 받은 것에 대해서는 일단 감사의 말을 전하고 언젠가 그 사람에게 좋겠다 싶은 뭔가를 발견했을 때는 이쪽에서도 상대와 비슷하게 배려하는 게 당연하다고 생각했다.

그러나 어떤 면으로는 일본인답지 않게 아나키스트적인 사상을 가진 집에서 자란 남편은 나의 이러한 방식에 놀라는 것 같았다. 그래서 결혼 생활에서 부부의 조화를 도모하기 위해 내가 먼저 미련 없이 포기한 것은 성장하면서 지켜온 관습 부분이었다. 내가 자란 가정에서는 설날부터 섣달 그믐날까지 행사가 끊임없이 있었는데 나는 그런 관습에 별로 마음이 끌린 적은 없었다. 관습에 따라 먹어야 했던 나물, 팥, 혹은 경단 등이 맛있다고 느꼈던 적이 없었기 때문이다. 우리 집에서는 부모님의 관계가 원만치 않았는데도 아버지는 어울리지도 않게 히나도구(3월 3일에 작은 인형을 제단에 장식하고 음식과 꽃을 바쳐 딸의 행복을 비는 행사―옮긴이)를 사서 모았고, 그것을 꺼내거나 정리하는 일에 꼬박 반나절이 걸렸기에 나는 일 년 중 365분의 1인 하루에서도 다시 절반을 그 일에 소비하는 것을 아깝다고 생각했다.

아이가 태어나면 처음 먹는 음식인 구이소메(백일이 된 아기에게 젖이 아닌 첫 음식을 먹이는 행사―옮긴이)부터 시작해서 돌잔치 등의 행사가 있다. 나는 남편이 그런 것을 우스꽝스럽게 생각하는 것을 알았기에 아예 처음부터 하지 않았다. 우리 아들이 다섯 살 정도 되었을 때 나는 그래도 아이에게 물었다.

"고이노보리(종이나 천 등으로 잉어 모양을 만들어 단오 때 매다는 연—옮긴이)를 갖고 싶으면 사줄게."

나는 사실 내가 고이노보리를 좋아해서 아이가 갖고 싶다고 하면 그걸 구실로 삼아 나를 위해 사려고 한 것이었다. 그런데 아들은 "필요없어요." 하고 말했다.

"왜?"

"그냥, 뭐 다른 집 것이 더 잘 보이잖아요."

내가 해야 할 일이 갈수록 많아졌다. 사람에게는 누구나 사회 중심에 서서 일해야 할 나잇대가 있다. 아이가 어릴 때는 일하는 나 대신 아이를 봐주던 어머니가 뇌연화증이 발병하면서 나는 갈수록 어머니를 어린애처럼 보호해야 하는 상황이 되었다.

나는 때로 너무 정신없이 바빠 '쓰러질 것 같다'고 느낀 적이 있었다. 그래서 푸념이라도 하면 나의 튼튼한 체격을 아는 사람들은 믿지 못하겠다는 듯 웃었고, 나는 자신이 하는 일이 어리석게 보이기 시작했다. 사실 난 몸은

튼튼해도 정신이 허약해서 본래 직업적인 일보다 쓸데없는 체면치레 따위의 잡스러운 일 때문에 머리가 이상해질 지경이 된 것이었다.

집은 남편에게도 내게도 전업 주부 역할을 하는 사람이 없었기에 어쩔 수 없었다. 보통 집 같으면 남편의 일을 아내가 내조하는 것이 상식이다. 남편은 그런 점을 잘 내다보았는지 일찌감치 자신의 일은 신변의 사소한 일이든 뭐든 스스로 해결했는데, 우리 사회의 상식적인 부인 같으면 이런 일에 죄책감을 느꼈을 것이다. 내가 생활 전반에 과부하가 걸리는 듯싶으면 남편은 항상 내게 말했다.

"치즈코(나의 본명)는 노력하려 드는 게 틀렸어. 체면치레 같은 거 생략하자고. 난 줄곧 그래왔거든."

그의 방식은 하나도 달라지지 않았다. 소위 도리상 어쩔 수 없는 교류는 아예 하지 않는다. 답장도 쓸 수 있는 시간적·심리적 상태가 되면 쓰지만 조금이라도 무리다 싶으면 아예 잊는다.

병문안 같은 것도 좀처럼 가지 않는다. 그 친구는 원래 그런 놈이라는 딱지가 붙으면 오히려 가지 않는 게 문병이 된다. 내키지 않으면서도 멜론 따위를 들고 찾아갈라 치면 상대는 깜짝 놀라 '미우라 슈몬이 문병을 올 정도면 혹시 내가 암일지도 모른다' 고 생각하기 때문이다. 환자와 이야기하고 싶어 갈 때는 빈손으로 간다. 나중에 완쾌를 축하해야 한다고 생각하기 때문에 물건을 가져가는 것은 상대에게 부담을 주는 일이 된다는 판단에서이다.

엔도 슈사쿠 씨가 입원했을 때도 남편은 항상 빈손으로 병문안을 갔다. 기껏 가지고 가는 게 재미있게 읽던 탐정 소설 한 권 정도다. 그러고는 엔도 씨의 병실에 있는 값비싼 멜론이며 오렌지 따위를 실컷 먹고 온다. 그리고 "엔도 씨 병실에 갔다가 남아도는 것이 아까워 먹어주었지."라며 짐짓 생색이라도 내는 말투로 말한다.

남편은 잊어서는 안 된다는 생각 자체가 틀렸다는 것이다. 잊을 때는 나름대로 이유가 있어서 잊는다는 것이다. 이 말은 내게는 때로 공포의 대상이었다. 내가 집에 없을 때 걸려오는 전화를 남편이 받는 일이 자주 있다. 그러면 상대는 '바깥양반'이 받으셨으니 틀림없을 거라 여기고 메시지를 남긴다. 그러면 남편은 "예, 예!" 하면서 친절하게 들어주었지만 나한테 전해주는 일은 거의 없었다. "왜 전해주지 않았어요?" 하면, "아, 잊었어."가 끝이다.

그의 논리에 의하면 이 세상에서 3개월이 지나도록 기억해야 하는 일은 거의 없다. 그래서 일의 대부분은 잊어도 상관없다는 것이다. 처음에는 화가 나서 싸우기도 했지만 세월이 가면서 거의 포기하는 심정이 되었다. 부부 사이의 모든 일은 이혼하든가 포기하든가 둘 중 한 가지밖에 없다. 나는 내가 아는 모든 사람에게 "나의 남편은 정신박약 기질이 있으니 절대 메시지를 남기지 말아 달라."고 떠들고 다니기로 했다.

그렇다고 내가 오로지 양보만 한 건 아니었다. 3개월이 지나면 필요 없어지는 일은 기억하지 않아도 된다는 것은 일종의 독선이다, 회사에서 그랬다가는 무사히 넘어갈 리가 없지 않은가, 나는 그런 논리를 내세워 상대를 공격했다. 그러자 남편은, "그러니까 회사에 안 다니잖아." 하며 뭐가 우스운지 웃었다.

남편이 말하는 요지는 무슨 일이나 무리할 건 없다는 것이다. 소설 연재는 물론 계속하는 게 좋지만 계속할 수 없게 되었어도 잡지사가 망하는 건 아니다.

노력을 전혀 하지 않는 건 아니지만, 체면치레 같은 것도 때에 따라 그 대응이 다르다. 도리로 하는 것은 자연스럽지 않아서 아름답지 않고 그것은 인생을 팔아먹는 일이다. 더구나 그런 마음으로 교류하는 사람들은 인간 관계의 이해득실을 따져 생각하므로 그런 사람과 친하게 지내봐야 아무 소용도 없지 않느냐는 논리다.

"난 노력하는 사람을 좋아하지 않으니까 하는 수 없잖아."

그러나 많은 사람은 나와 반대의 체험을 했을 거라 생각하니 우스워진다. 다시 말해 마누라에게 당신은 게으르다, 당신은 칠칠치 못하다, 좀 야무지게 굴고 친척이나 지인과의 교류를 요령껏 하라고 말하는 사람이 더 많을 것이다.

일본의 아내들은 노력이 필요한 상황이면 대부분 자신은 보이지 않는 곳에서 남편을 위해 최선을 다한다. 내가 아는 어떤 여성이 어느 날 일본의 북쪽 반도 끝에 있는 마을에 강의를 하러 갔다. 강의가 끝나자 식사라도 같이 하자는 이야기가 나오고 마을의 유지가 초대하는 회식이 있었다. 거기에는 강의를 들으러 왔던 마을의 부인들이 부지런히 그 회식을 위해 일하고 있었는데 커다란 방에 디근자 모양으로 차린 일인분씩의 회식용 상은 모두 남자들을 위한 것이고 그녀들의 몫은 없었다. 그 여성 강사는 바로 전에 자신이 한 강연이 '여성의 자립'에 대해서였다는 것을 허탈하게 떠올리며 몸에서 힘이 죽 빠졌을 것이다.

같은 자리에 앉지 않는다는 것이 곧바로 남녀가 평등하지 않다는 것을 방증한다고는 말할 수 없다. 맛있는 요리를 차려야겠다고 생각하면 걱정되어 부엌에 있는 것이 더 마음 편하다고 생각하는 여성의 속마음도 이해할 수 있다. 그러나 회식 자리에서의 대화에 여성의 자리가 전혀 준비되어 있지 않다는 것은 모처럼 이 세상에 태어나 이성과의 교류나 대화의 즐거움이라는 커다란 정신적 쾌락을 맛볼 수 없다는 점에서 나는 정말 안타깝다고 생각한다.

그러나 일본의 아내들이 오히려 편하다고 여기는 견해도 있다. 유럽이나 미국의 아내들은 항상 부부 동반으로 남 앞에 나서야 한다. 아름다움이나 젊음, 옷을 잘 차려입는 감각, 집에서 파티를 한다면 요리 솜씨뿐 아니라 아이디어, 사람을 대접하는 솜씨, 화술까지 항상 남과 비교당한다. 그래서 노력할 수밖에 없는 치열한 생활이 강요된다.

노력이 전혀 필요치 않은 건 아니다. 인간의 일생은 참는 습관이 없으면 더 힘들다. 그래서 참는 것이지만 나의 남편 같은 인물은 노력에 대해 두 가지 면에서 나쁘게 해석한다.

하나는 인간을 그 본래의 힘 이상으로 보이려고 하는 것을 천박하다고 여기는 것이다. 노력할수록 인간은 진보할지 모르지만 그 과정에서는 현실과 겉으로 보이는 모습과의 괴리가 커진다. 그 차이를 가능한 한 없애면서 살아온 것이 남편의 삶이었기에 그의 입장에서 볼 때 노력이란 겉치레와 종이 한 장밖에 차이 나지 않는다.

우리가 결혼할 때 나는 가톨릭 신자였지만 남편은 그렇지 않았다. 그러나 얼마 후 그도 세례를 받았다. 신앙이 그를 크게 바꾸었다고는 생각하지 않는다. 그러나 노력을 믿지 않는다는 것은 신앙과 전혀 관계없지는 않다고 생각하게 되었다.

성서에는 노력이 필요 없다고 나와 있지는 않다. 성서 안에 나오는 원수에 대한 '사랑'은 마음에서부터 사랑하는 것이 아니고 노력의 결과로 사랑할 수 없는 상대도 마음으로 사랑하는 것과 똑같은 행위를(속으로는 밉더라도) 보이는 것이다. 그러자면 노력 없이 사랑을 이룬다는 것은 생각할 수 없다. 그러나 성서에는 인간의 노력이 헛되다는 내용도 써 있다.

"참새 두 마리가 한 닢에 팔리지 않느냐? 그러나 그 가운데 한 마리도 너희 아버지의 허락 없이는 땅에 떨어지지 않는다."

다시 말해 우리의 최종 운명은 아무래도 인간의 손에 달려 있지는 않다고 실감하는 것이 바로 신앙이다.

나는 결코 세상의 아내들에게 게으른 게 낫다고 말할 생각은 없다. 혹은 일하기를 싫어하는 남편에게 일정한 직업을 갖지 말고 빈둥거리며 지내라고 주장하는 것도 아니다. 나 자신이 소심하기 때문에 어느 정도로 답답하고 고지식한 면이 있어 게으름을 피우지 못한다. 그리고 이 세상을 살아가는 데 최소한의 예의는 남에게 너무 큰 폐를 끼치지 않는 것이라고 생각한다.

그러나 노력의 가치를 거의 인정하지 않는 삶도 있을 수 있다는 것만 말해두고 싶었다.

'답답한 바지는 찢어지는 순간부터 편해진다.' 는 별로 고상하지 않은 격언은 어느 나라에 없을까. 없다면 지금 내가 만든 게 된다.

일부일처제와 바람기

　주부들이 잘 보는 잡지의 영원한 주된 주제 가운데 하나는 '남편의 바람기, 아내의 바람기'이다. 그러나 그 내용을 보면 고백하거나 호소하는 것은 주로 아내 쪽이라는 것이 특징이었다. 최근 남편 쪽에서 폭로하는 기사가 이따금 나오기 시작한 것은 남성이 여성화한 증거인지 모른다.

　연애의 순도를 높이고 그 감미로움을 더하는 것은 남녀 사이를 가로막는 장애가 있는 경우이다. 태평양 전쟁 이전까지 일본에는 그런 장애가 정말 많았다. 신분의 차이, 부모가 허락하지 않는 관계, 교통의 불편, 도리나 굴레 따위의 말로 표현되는 일종의 가치 판단, 질병 등이 남녀의 사랑을 방해하는 요소가 되었다.

병든 부모의 약을 사기 위해 몸을 팔아야 하는 처녀는 사랑하는 남자와 헤어져야 했고, 은혜를 입은 상전의 딸을 감히 넘보지 못하는 신분제도 안에서 사랑을 체념한 천민 출신의 청년도 있었다. 특공대에 배속된 청년 중에는 사랑하는 처녀를 차마 미망인으로 만들 수 없어 육체 관계조차 갖지 않고 죽어간 사람도 있었다.

결핵이나 폐렴 같은 질병에라도 걸리면 금세 증세가 위독해져서 죽음 때문에 이별하는 일도 많았고 전화나 편지 등의 정보 통신 기술이 지금처럼 발달하지 않아서 연인들은 항상 의사소통을 원만하게 하지 못해 마음을 졸이곤 했다.

이런 시절에 부부 한쪽이 바람피운다는 것은 목숨을 걸 정도는 아니라도 사회에서 매장될 위험을 안고 있었다. 주로 여성에 대해서만 쓰던 말인 '간통'의 결과는 즉시 죄가 되지는 않았지만 친고죄親告罪였고, 현대처럼 이혼이나 위자료를 청구하는 사유가 되는 것만으로는 해결되지 않았다.

그 무렵을 두고 '인권도 아무것도 없는 시대' '여자들이 부당하게 억압받던 시대' 라고 이른 것은 옳은 것도 같고 결론을 너무 간단하게 내렸다는 느낌도 든다. 그러나 당시는 '밀통'이나 '간통'도 커다란 위험을 떠안아야 한다는 점에서 감미로움이 있었다는 점은 사실이다.

그때에 비하여 오늘날은 사회적·심리적·종교적 금지 조항이 희박해졌다지만 지금 연애가 옛날보다 더 좋아진 것도 없는 듯하다. '바람기'라는 말이 그것을 잘 표현하고 있다. '바람기'는 '진심'이 아니다. 반은 장난으로 할 수 있는 행위다.

금지하는 것이 없어져서 '불의'도 아닌 게 되었고 '밀통' 할 필요도 없어지고 반은 장난으로 할 수 있게 된 것이다. 그렇다면 요즘 아내들 중에는 "어머, 바람은 비밀로 해야 하는 거 아닌가요?" 하는 사람도 있을지 모르지만 그것은 아내의 자리도 다른 남자도 놓치고 싶지 않다는 뻔뻔한 계산의 결과일 뿐이다. 모든 것을 버린다면 밀통 따위는 하지 않고 공공연하게 관계를 만들 수 있다.

남편 이외의 남자를 좋아하는 것은 있을 수 있는 일이다. 일단 한 사람이 모든 매력을 동시에 갖춘 경우는 없으며 인간은 자신을 좋아하는 사람을 지지하게 마련이기 때문이다. 그러나 결혼에 계약의 요소도 있음을 잊는 것은 상식적인 인간이 할 짓이 아니다.

인간의 역사에서 부부 관계는 오랫동안, 오랫동안이라기보다 바로 얼마 전까지도 일부일처제는 아니었다. 그러나 언제부터인가 남녀의 공동생활은 배우자로 결정한 상대와 일대일 관계로 한다는 법이 생겼고, 그 법에 따라 모든 제도가 정비되고 인간의 도덕적인 감정도 모양새를 갖추기 시작했다. 나는 현재도 여러 여성과 사는 남성을 알지만 그의 생활은 사회로부터 인정받지 못하기 때문에 공공연한 것일 수 없다. 그가 대기업에 근무하는 신분이었다면 아마 조직 안에서 출세의 걸림돌이 되었을 것이다.

이슬람 국가에서는 아내를 네 명까지 둘 수 있으니 얼마나 좋겠느냐고 많이들 부러워하지만, 이 제도는 이슬람 사람들이 성적으로 문란해서가 아니고 사막에서는 미망인과 아이들만 남으면 남자 없이 살아가기가 불가능하기 때문에 그녀들을 누군가 특정한 남자의 책임 아래 둠으로써 지키려고 한 일종의 사회보장 제도의 의미가 담겨 있다.

이슬람권 여성은 이 제도에 대해 이제는 받아들일 것이라고 믿었다. 그런데 그들을 위한 클리닉에서 일하는 일본인 의사에게서 어느 날 사막의 유목민(베두인) 아내도 남편이 다른 처녀와 결혼식을 하러 가거나 다른 아내와 인간적인 갈등이 있거나 하면 노이로제에 걸리는 경우가 있다는 이야기를 들었다. 그때 나는 사람의 마음이라는 것은 역시 어딜 가나 다를 게 없구나 하고 생각했던 기억이 난다.

일부일처제가 흠잡을 데 없이 완벽한 제도라고 생각한 적은 없다. 그렇다고 그 제도를 대신할 좀 더 나은 방식도 없기 때문에 하는 수 없이 인간이 채택하는 약속이 아닐까 생각한다.

인간의 마음은 이상주의자가 생각하는 것 이상으로 분열되어 비겁한 면과 위대한 면을 함께 갖고 있다. 금지된 일을 해보고 싶은 마음은 인간이 멸종하지 않는 이상 없어지지 않을 것이다. 인간에게 뭔가를 하게 만들려면 바로 그 뭔가만 금지하면 된다고 할 정도다.

그래서 평범한 생활을 동경하고 일부일처제를 대신할 좋은 방법을 떠올리지 못하는 우리는 그러한 사회 통념을 받아들였다. 상식에 따르겠다고 약속한 것이다. 그것이 결혼이라는 제도다.

앞에서도 언급했듯이 제2차 세계대전이 끝나기 전의 생활에서 이 상식은 대부분의 남녀가 좋건 싫건 받아들여야 하는 것이었다. 그러나 지금은 많이 달라졌다. 약간의 용기와 자립 능력만 있으면 결혼이라는 제도에 편입되는 것을 거부할 수 있다. 결혼하지 않고도 아이를 당당하게 가질 수 있다. 그런데도 아직 많은 남자와 여자가 결혼이라는 구태의연한 제도를 납득하고 받아들인다. 이것은 어쩌면 우리가 능력이 없어서가 아닐까 생각하면서도 혹은 어쩔 수 없이, 혹은 깊이 생각도 하지 않고 그 약속에 따르겠다고 말하는 것 아닐까 싶다.

지킬 수 없을 때는 맹세하지 않으면 좋으련만 많은 남녀는 이렇다 할 신앙심도 없으면서 결혼할 때 하느님이나 부처님 혹은 인간 앞에서 부부의 인연을 맹세한다. 그리고 파국은 의외로 빨리 찾아온다.

세상에서 일어나는 바람기의 대부분은 놀이 공원의 '모험 여행' 같다. 고무로 만든 악어가 입을 벌리고 있거나 녹음된 호랑이 소리가 들리기도 하고 인디언 인형이 나무 사이에서 힐끗힐끗 나타나면 아이들은 자신이 정말 악어나 호랑이에게 습격을 당하고 인디언에게 공격받을 위험에 노출된 것 같은 실감을 한다.

유부녀에게 '만약 결혼 전에 당신을 만났더라면…' 이라고 하거나 '당신을 만나고 나서 내 인생은 달라졌어.' 혹은 '당신을 그런 남자(여자의 남편)의 손에 맡기기는 너무 아깝다.' 라고 말하는 남자는 주변에 늘 있게 마련이다. 그런데 그런 말을 듣고 이성적인 어른이라고는 생각할 수 없을 정도로 집착하는 여성은 앞에 말한 놀이 공원의 아이와 비슷하다. '나잇살이나 먹어가지고…' 라는 말을 어떻게 번역해야 할까 싶었는데 얼마 전에 누군가가 '당신 나이가 되어…' 라는 좋은 표현이 있다는 것을 가르쳐주었다.

인간의 언어라는 것은 거짓이 아니더라도 대부분 엉터리라 스무 살을 넘으면 그 애매모호함을 대개는 이해한다. 얼굴을 마주 볼 때는 '젊고 예쁘군요' 해놓고선 딴데 가서는 '그 여편네' 따위로 말하는 남자는 얼마든지 있다.

아무 계산도 하지 않는 순수한 연애는 10대에나 가능할 거라는 게 내 생각이다. 그 이후로는 남녀 관계를 권장하거나 말리거나 아무튼 뭔가 불순한 것이 작용한다. 나는 연애에 불순한 것이 없는 게 반드시 좋다고는 생각하지 않는다. 어른이 된다는 것은 불순한 맛을 경험하는 일이기 때문이다.

아내의 외도 상대도 많은 경우 불순한 마음으로 다가

온다. 남자 쪽에서 보면 이보다 더 안전하고 돈이 들지 않는 성적인 놀이 상대는 없을 것이고, 나이가 들어도 여자는 곧잘 속아 넘어가기 때문에 속이는 것도 재미있을 것이다. 불순함은 아무리 봐도 여자보다 남자가 더 심하다.

나는 남녀 관계에 대해 다음과 같이 생각하고 싶다.

결혼은 하거나 말거나 본인의 자유일 테니 누구나 책임을 갖고 길을 선택하면 된다.

자유로운 남녀 관계를 추구하고 싶고 성적인 모험을 하고 싶다면 절대로 일부일처제라는 촌스러운 제도에 발을 들여놓아서는 안 된다. 상쾌하게 모두가 선망하는 가운데 평생 러브 헌팅을 하는 생애를 보낼 수 있을 것이다.

결혼에 실패했다고 생각하는 경우도 있을 것이다. 나는 가톨릭 신자로 이혼을 인정하지 않는 신앙 세계에 있지만 부부 사이가 원만하지 않은 친정 부모나 친구의 결혼 생활을 보고 있노라면 적어도 별거하는 것에는 찬성한다. 교회도 요즘은 경우에 따라 다르지만 이혼 허가를 내준다. 그리고 잘못된 상대를 선택한 실패를 청산하고 나서 다른 애정 상대를 찾아야 할 것이다.

그러나 부부가 모두 스와핑 취미가 있다면 문제가 달

라진다. 부부가 납득하는 일에 우리가 참견할 수 없기 때문이다.

그러나 '아내의 자리'를 잃고 싶지 않으면서 바람도 피우고 싶은 여자는 공정하지 않다. 왜냐하면 그녀는 자신이 자유의지로 선택한 일부일처제라는 현대 사회의 결혼 제도를 지키지 않았기 때문이다.

이렇게 말하면 '쓸데없이 도덕적인 사람이군.' 혹은 '그거야 잘 알지만 어쩔 수 없잖아. 여러 사람이 해온 일이고.' 라며 반론을 제기하는 사람도 있을 테지만 앞에서도 언급했듯 지금은 좋아하는 상대와 둘이 함께 살려고 생각하면 모든 것을 버리고도 처음부터 다시 시작할 수 있는 시대인 것이다. 뭔가 하나를 진심으로 얻고 싶으면 그에 대한 대가를 치러야 한다는 인생의 원칙이 여기서도 적용되어야 할 것이라고 나는 생각한다.

부부가 결혼해서 살다가 배우자가 아닌 다른 남자나 여자가 좋아지는 기회가 전혀 없다고 하면 거짓말일 것이다.

나의 경우를 말하면, 나는 성격상 처녀 시절부터 마음속으로 좋아하는 상대에게 경솔하게 '나는 당신이 좋습니다.' 라고 말하면 상대가 정말 난감할 테니 아무 말 없이 슬쩍 멀리하는 것이 적어도 그 사람에 대한 성실한 태도라고 생각했다. 부모님 관계가 결코 원만하지 않았기 때문에 나와 엮이는 것만으로도 그 사람에게 성가신 상황을 떠맡기게 될지도 모른다.

그런 가운데 딱 한 사람, 그래도 좋다고 말해준 사람이 있어 그 사람과 결혼했고, 이제 나 때문에 번거로운 사람은 이 사람 하나로 그치겠다고 결심한 것이다.

나는 그 이후 계속 마음속으로 정신을 바짝 차리고 있었는데 '짙은 우정'이라고도 말할 수 있는 남자 친구들의 마음까지 냉정하게 본 건 아니었다.

나는 언어를 다루는 사람이라서 앞에서도 말했듯이 인간의 언어가 갖는 불성실함조차도 충분히 즐길 수 있다고 생각했고, 내게 주어진 호의는 그것이 아무리 작은 것이라도, 혹은 우습게 보이는 것이라도 깊이 (하느님께) 감사했다. 그러나 그런 말을 입 밖에 내면 상대가 (하느님 어쩌고 하면서 티 낸다고) 지겨워할까봐 말하지 않았을 뿐이다.

일본인에게는 특히 계약이라는 개념이 희박하다. 일신교를 믿는 사람들은 하느님과의 계약이라는 형태로 인간의 삶을 받아들였다. 모든 계약은 파기될 가능성이 있지만 실제로 파기되었을 때 사람은 내면의 고통을 받든가 사회적으로 그 책임을 지든가 둘 중 하나였다.

나는 계약이라는 의식도 없이 그것을 파기하는 괴로움도 벌칙도 없는 곳에 진정한 어른의 연애 따위가 있을까닭이 없다고 생각한다.

있는 그대로 받아들이는 관대함이란

결혼 생활이 오래 유지될지 아니면 파국에 이를지는 결과적으로 큰 문제지만 원인의 차이는 그다지 크지 않은 것 같다는 생각이 든다.

젊은 아가씨가 남편이 될 청년에게 요구하는 자격으로 소득이나 키, 학력 등을 주로 꼽는데 그런 것으로 결혼 생활에서 행복을 얻을 수 있다고 믿는다면 정말 단순한 사람일 것이다. 왜냐하면 이런 것을 조건으로 내세운 순간 그 사람은 상대를 사랑하는 게 아니라 이해득실을 따져 상대의 속성을 손에 넣고 싶다는 것이고 그런 계산은 결국 자신 역시 있는 그대로의 자신을 향한 사랑을 받는 게 아니기 때문이다.

오래전부터 내가 훌륭하다고 생각하는 결혼은 이쪽에 약점이 있는데도 결혼하겠다고 말하는 남자가 나타나는 것이었다. 세상에는 자신이 약점으로 생각할 요소는 얼마든지 있다. 좋은 학교를 나오지 못했다, 부모의 사회적 지위가 낮을 뿐더러 교양이 없다, 육체적 결함이 있다, 소행이 나쁜 형제가 있다, 가족 중에 환자가 있다 등….

이러한 부정적인 요소가 있지만 '그래도 좋다'고 말해주는 것이야말로 영광이다. 진짜다. 나도 그렇게 되고 싶었고 거의 그렇게 되었다.

그 무렵부터 내가 결혼 상대에게 원한 것은 딱 한 가지였다. 관대한 사람이면 된다는 것이었다. 처녀들 대부분은 젊을 때는 외모 면에서 조금 다른 조건을 상대에게 원하기도 하는 모양이다. 미남이어야 한다거나 음악을 이해하면 좋겠다거나 혹은 춤을 잘 춘다거나 예의가 바르다거나 옷 입는 취향이 좋다거나 등의 조건이다. 그러나 결혼하고 몇 년 지나보면 인간에게 매력의 핵심은 전혀 다른 데 있다는 것을 알게 된다. 말은 서툴지만 인품이 선량하다거나 따뜻하면서도 조용함, 항상 마음이 평온한 성품, 타인에 대한 배려 등이다.

"너는 처음부터 그런 꿈이 없었지."

친구들은 칭찬할 요량으로 내게 이렇게 말하는 모양이지만 나에게는 일찍부터 노인네 기질이 있었다고 해야 할지, 편안치 않은 현실주의자였다고 해야 할지 유난스럽게 따진다고 지적하는 말인 것 같아 별로 기분이 좋지는 않다.

내가 그런 기준을 세울 수밖에 없었던 것은 오로지 부모님 덕분이다. 우리 아버지는 집 안에서 어떤 경우든 자기 마음대로 되지 않으면 즉시 기분이 상해서 우리 모녀에게 화풀이를 하는 사람이었기 때문에 나는 정말 단순하게 생각의 차이나 잘못을 변명하게 해주고 만약 그것이 틀리다면 설명하고 용서해주고 나의 진지한 희망이라면 지원해주는 그런 사람을 나의 이상형으로 삼았다. 유난스럽게 어른스러워 보인 것도 사실은 나의 단순한 체험에서 나온 것이었다.

나는 사실 관대함이라는 것을 나이가 꽤 들어서까지(즉 30대 초까지) 그 사람의 도덕성이나 종교관 등과 관계있는 것이라고 생각했다. 다시 말해 인간에게 따뜻한 마음과 냉정한 마음이 있다면 관대함은 인간의 마음 중에서 우위에 있는 따뜻한 마음에서 나오는 것이라고 믿었다.

그런데 그것이 아니라고 말한 사람은 남편 미우라 슈몬이었다.

"난 관대함이라는 건 많은 것을 기대하지 않는 데서 오는 거라고 생각해. 그래서 본질적으로는 냉정한 거지. 마누라에게 관대한 것은 마누라에게 크게 기대하지 않기 때문이겠지."

나는 그 말에 즉각 대답했다. 기대하지 않는 것은 원하지도 않는 것이니 그보다 더 심한 말이 어디 있겠느냐고.

남편의 말에 의하면 부부뿐 아니라 일반적으로 타인에게 엄격한 사람은 타인이 자신과 똑같이 하기를 기대하기 때문이라는 것이다. 그런데 남편은 정말 자신과 똑같이 할 수 있는 사람이 있을 수 없으므로 남이 자기가 원하는 대로 해줄 까닭이 없다. 그래서 처음부터 모든 것을 자기 혼자 하겠다고 결심했다고 한다. 남(아내도 포함하여)에게 부탁할 것은 부탁해보지만 부탁을 들어주지 않아도 애초 크게 기대하지 않았기에 화를 낼 마음도 안 생긴다는 것이다.

이런 경우 남편이 아무 기대도 하지 않는 것을 나처럼 '아, 편하고 좋아' 라고 생각하는 아내와 '내가 그렇게 쓸모없는 여자인가요?' 하고 눈을 부라리며 화내는 두 부류의 아내가 있지 않나 싶다.

남편과의 관계뿐 아니라 나는 이제 누군가가 내게 뭔가를 기대하는 것이 정말 거추장스럽다. 나는 30대에 오랫동안 불면증을 앓았는데 그때 이후로 성실한 사람이기를 그만두어서인가 싶기도 했다. 그러다 불면증의 원인이 어리석은 고지식함에 있다는 것을 알고 나서 그런 일로 괴로워하는 것은 바보 같다는 생각이 들었고 그때부터 나는 인생의 우등생을 보면 안됐다는 생각을 하기 시작했다.

기대하지 않은 상황에서 오히려 조금이라도 일을 잘 처리했을 때 상대는 의외로 생각하고 기뻐해준다. 그러나 누가 내게 뭔가를 기대하면 제대로 되는 일이 없다. 총리 정도 되면 모든 사람들이 항상 어마어마한 기대를 하게 마련이라 신문에 나는 비평은 거의 험담이 된다.

남편은 내게 항상 인생에 대해서도 타인에 대해서도 냉정해지라고 말하곤 했다. 지나칠 정도로 남에게 친절해서 큰일이라고, 남편은 이따금 주의를 주었다. 보통은 남편이 마누라를 두고 '친절하다'고 할 때는 아무래도 칭찬하는 의미가 들어 있다. 그러나 남편의 경우 그건 순전히 비아냥거림이었다.

세상 사람은 대부분 악한 사람에게 곤란한 일을 당한다고 생각하지만 사실 착한 사람에게 난감한 일을 당하는 비율이 더 높다. 악한 사람이라는 것을 알면 피하면된다. 나쁜 사람은 피할 수 있다. 그러나 그렇게 하기 곤란한 것이 착한 사람이다. 특히 남자를 난감하게 하는 것은 착한 여자다. 자신이 착한 사람이라고 여기는 여자는다른 사람의 삶에 끼어들어 간섭한다.

　　남이 어떻게 살든 어떻게 생각하든 어린애도 아니고환자도 아닐 때에는 끼어들지 말아야 한다. 보기에 불편해도 내버려둬라. 도움을 요청하면 그때 비로소 손을 내밀라. 묻지도 않는데 의견을 개진하지 마라. 자신의 수비범위 이상의 일에는 말로도 행동으로도 끼어들지 마라.내가 결혼한 이후에 지금껏 들어온 말들이다.

　　그것은 이런 경우일 것이다. 본래 인간은 모든 것이적당한 게 좋다. 친절을 베풀어도 적당한 친절이 좋다.그러나 나는 적당하다고 생각해도 상대에게는 과잉이 되거나 좀 더 친절하게 해주면 좋겠다고 생각하거나 둘 중하나다. 완벽하게 적당한 상황은 논리적으로는 있겠지만… 실제로는 없다고 생각하는 게 좋다.

　　그렇다면 그 경우 어느 쪽이 나은가. 친절뿐만이 아니

다. 모든 것에 대해 약간 남는 것과 약간 부족한 것 중 어느 것이 좋을지를 굳이 따지자면 물건 같으면 조금 남는 것은 버릴 수 있지만 심리적인 것은 조금 모자란 것이 좋다. 시간이 남아도는 것, 애정이 과도한 것 모두 결과가 좋지 못하다. 조금 부족할 때 인간은 '아, 조금만 더 있었으면' 하고 아쉬워한다. 어느 정도의 부족을 아쉬워하는 것은 인생에서 참으로 건전한 경험이다. 부족함은 인간에게 살아갈 의욕을 준다.

그리고 이야기가 많이 빗나가지만 남편은 아마 부부 사이에도 이 '냉정한 관계'를 적당히 이용하는 게 좋다고 생각했을 것이다.

인간은 야릇한 존재라 부부든 타인이든 어느 한쪽이 너무 심하게 몰아대면 몰린 쪽은 피하고 싶어진다. 보통 부부라면 가끔 있는 남편의 출장은 아내에게나 남편에게나 참으로 즐거운 기분 전환의 계기가 될 수 있다. 그러나 남편에게 다른 여자가 있다는 걸 아는 아내, 아내에게 다른 남자가 생겼다는 것을 알고 질투에 사로잡힌 남편이 집요하게 상대를 몰아칠수록 결과적으로 지겨워지게된다. 그렇기에 부부 사이에서도 타인에게 하는 것과 마찬가지로 일종의 냉정함, 내버려두기, 독립성을 인정해야 한다. 그것이 사실은 관대한 단계로 가기 위한 가장 보편적이고도 누구나 도달할 수 있는 방법인 것이다.

마음이 따뜻한 사람과 그렇지 않은 사람은 타고나는 거라는 생각이 요즘에 와서 든다. 상대를 배려하는 사람이라면 타인의 고통을 이해하게 되고, 항상 타인의 마음을 생각하는 일도 그 사람이 그런 일에 흥미가 있어 가능한 일이지 교육이나 노력의 결과는 아니다. 그래서 마음이 따뜻하지 않은 사람을 우리는 무턱대고 비난할 수가 없고 마음이 따뜻하지 않다는 것을 굳이 자랑 삼아 내세울 것도 아니다. 어느 쪽이나 상황에 따라 남에게 도움이 되기도 하고 골칫거리가 되기도 한다.

관대하지 않은 사람은 상대에게 친절한 사람일 것이다. 부부라면 상대에게 능력이 있다고 생각하기 때문에 그것을 기대하고 순조롭게 되지 않으면 화를 내는 것이다. 그러나 나는 마음이 따뜻하지 않은, 무조건 남에게 기대하고 스스로 일을 해결하려고 하지 않은 아버지와 살았기 때문에 그것이 얼마나 같이 사는 가족을 괴롭히는 일인지 뼈에 사무치도록 잘 알고 있다.

나는 부부 사이가 어려워지는 요소에 과도한 음주, 불성실(여성 편력이 있는 경우를 포함), 허세를 부리는 것,

남에게 피해를 주는 것(성격 이상, 범죄 등으로), 그리고 아량이 좁은 것 등 다섯 가지가 있다고 생각한다. 이 중에서 부부가 함께 흥미를 갖는다면 음주, 허세 이 두 가지는 크게 문제되지 않을 거라고 생각한다. 불성실한 사람은 걸핏하면 저자세로 사과를 잘하기 때문에 귀여운 면도 있다. 그러나 나머지 두 가지는 봐줄 수 없다.

그중에서 아량이 좁은 남편(아량이 좁은 아내도 있지만 일본 사회에서는 아내의 좁은 아량을 조장하는 요소는 여전히 많지 않고 남자의 독선에는 편협한 아량이 얼마든지 뿌리내릴 수 있는 토양이다.)은 가정을 어둡게 만드는 첫 번째 원인이 된다.

며칠 전에 성서를 다시 읽다보니까 성바오로의 서간 중 하나인 '코린토 신자들에게 보내는 첫째 편지'의 13장에 사랑을 정의한 유명한 부분을 보게 되었다.

여기에서는 '사랑'에 대한 여러 덕목 가운데 오래 참는 너그러움으로 시작하고 있다.

사랑은 참고 기다립니다.
사랑은 친절합니다.
사랑은 시기하지 않고 뽐내지 않으며

교만하지 않습니다.

사랑은 무례하지 않고

자기 이익을 추구하지 않으며

성을 내지 않고

앙심을 품지 않습니다.

사랑은 불의에 기뻐하지 않고

진실을 두고 함께 기뻐합니다.

사랑은 모든 것을 덮어주고 모든 것을 믿으며

모든 것을 바라고 모든 것을 견디어냅니다.

관용은 '타인의 존재나 행위를 자신의 가치로 생각하지 않는 것' 이라고 한다. 이것을 염두에 두고 생각해보면 진정한 사랑과 함께 서로에게 너그러운 부부는 그렇게 많지 않을지도 모른다. '남편에게는 내가 필요해' 하고 자신감과 긍지를 갖고 있는 아내들에게는 엉뚱한 소리로 들릴지 모르지만 진실한 부부의 사랑은 단순히 서로 필요로 하는 것만은 아닐 것이다. 산을 오르거나 요트를 타고 바다로 나가겠다는 남자들의 어머니나 아내는 설사 자식과 남편을 잃어도 그렇게 좋아하는 거라면 하게 해 줘야 한다는 피맺히도록 괴로운 인내와 관용으로 버티며 지켜본다.

　'모든 것을 참고'에서 나는 참는 건 괴로우니까 생각하지 않도록 잊으려고 한다. 이 시의 마지막 2행 역시 관용의 영향을 받은 것이다. 성서에서는 사랑이란 사랑할 수 없는 요소를 배제하지 않고 그대로 껴안는 것이라고 말한다. 꾸짖고도 다시 하도록 하는 것도 좋지만 성서는 굳이 따지자면 '무슨 일이 있어도 있는 그대로'라는 자세인 것처럼 보인다. 그게 더 무섭다. 그러나 사랑은 여러 시도를 해도—참았음에도, 믿었음에도, 바랐음에도—배신당하는 경우가 있다. 그때 마지막으로 남는 것이 참고 견디는 것이라고 한다.

　그러나 부부 가운데 한 사람이 일방적으로 참고 견디는 것도 괴로운 일이다. 서로 참고 견딘다는 것을 알아도 괴롭고, 자기만 참고 견딘다는 것을 상대가 전혀 알아주지 않으면 나 같으면 화가 날 것 같다. 그러니 이럴 때에는 처음부터 상대에게 큰 기대를 하지 않는 보통 사람의 조심스러움이 유익하다.

　내가 점점 시력을 잃어가던 시절 남편은 내게 "그렇게 하다가는 당장이라도 눈이 보이지 않게 될 거야." 하고 말했다고 한다. 그랬더니 내가 "보이지 않게 될 것 같아 지금 써두는 거예요." 하고 대답하더란다. 나는 이런 대화를 기억하지 못하지만 그 무렵 역시 내 상태를 걱정해준 친구에게 남편은 "어쩔 수 없으니까 하고 싶은 대로 하도록 그냥 놔두는 겁니다." 하고 말했다는 것이다.

이 말을 들은 어떤 사람은 내가 남편을 힘들게 해서 버림받은 거라고 말했다. 그럴지도 모르겠다고 나는 생각했다. 남편의 예언은 그대로 맞아떨어졌고 한때 교정 시력이 0.3밖에 되지 않은 나는 작가가 된 지 26년 만에 처음으로 2년 동안 글을 전혀 쓰지 않게 되었다.

그동안 나는 평생 보이지 않게 될 때의 생활을 이것저것 생각했다. 남편은 그렇게 된 데 대해 조금도 책망하지 않았다. 그는 맹인이 되면 되는 대로 그 사람다운 삶의 방식이 있다고 했다. 눈을 뜨고 있으면서도 어떻게 하면 자기답게 사는지를 모르는 사람도 많다는 것을 생각하면 맹인이 됨으로써 비로소 스스로 완성할 수 있는 사람도 있다는 의미였을 것이다.

남편은 내가 제어 능력이 떨어지는 성격이라 눈을 망칠지도 모르는 어리석은 행동을 하는 사람이라는 것을 처음부터 알고 있었다. 그리고 인간의 어리석음이라는 것은 죽을 때까지 고쳐지지 않는다는 것도 알고 있었던 모양이다. 그런 일들은 더는 어떻게 해보기도 어려운 노릇이다. 이 지구상에는 그와 유사한 어찌 해볼 도리가 없는 운명으로 가득 차 있다. 그렇기 때문에 마누라에게도 더 이상의 일을 바랄 수도 없다.

나는 이윽고 수술을 받았고 타고난 심한 근시 덕분에 난생 처음 겪어보지 못한 좋은 시력을 되찾았다. 정리해서 말하자면 그것뿐이다. 그러나 그동안 나는 단념하고 있었던 부드러움과 두려움을 충분히 느꼈다.

관대하지 못한 아버지 밑에서 자란 탓인지 나는 그런 남편의 '냉정함' 을 조금도 야박하다고 느끼지 않았다. 성서 같은 것을 읽기 전부터 부부를 이어주는 처음이자 마지막 요소는 관대함이 아닐까 하고 어린 마음에도 절실하게 느꼈는데 그 생각에는 지금도 변함이 없다. 냉정한 관대함이든 따뜻한 관대함이든 관대한 남편의 태도에 나는 쩔쩔매며 꼬리를 흔드는 개가 된 듯한 생각이 드는 것이다.

배우자의 부모 또는 형제

외동딸로 자란 나는 동기간이라는 존재의 의미를 모르기 때문에 형제자매에 관해서라면 그저 동경하는 마음밖에 없다. 그러나 주변을 보면 동기간은 곧 타인의 시작이라는 말을 증명이라도 하듯 남편이나 아내의 형제자매가 가정불화의 원인이 되는 예가 의외로 적지 않다.

모든 인간 세상에서 일어나는 사건에는 '중요한 순서'를 매겨 생각하는 방법밖에 없다고 생각한다. '중요한 순서'란 프라이어리티 오더priority order(우선권)의 서툰 번역이다. 인간에게 주어진 시간과 돈은 한정되어 있다. 그래서 모든 일을 한순간의 시간 낭비 없이 잘하거나 한 푼의 낭비 없이 돈을 쓸 수는 없다.

그러나 무엇보다 중요한 것은 인명 구조에 관한 일이라는 점에 대부분이 동의할 것이다. 목숨 다음으로 무엇이 중요하냐고 하면, 여기부터는 그 사람의 취미, 인생관, 철학 등에 따라 순위가 달라진다. 사람들 대부분이 자식을 중요한 순서에서 당연히 첫 번째로 꼽지만 가끔 파친코에서 게임을 하는 동안 옆에서 보채며 방해한다는 이유로 아이를 덥고 밀폐된 차 안에 혼자 두어 죽게 하거나 젊은 남자와 동거하는데 자식이 거치적거린다며 심하게 꾸짖은 나머지 죽음에 이르게 하는 경우도 있다.

　그 순서는 '매길 수 없는 것'이 아니라고 나는 생각한다. 누구나 소중한 존재임에는 변함없지만 남편이 보기에 자신의 처자식이 중요하고 그다음으로 부모나 형제, 친구 순으로 되는 것이 보통이며, 이것이 아내보다 어머니가 먼저라거나 남편보다 친정아버지가 더 중요하다는 이야기가 되면 결혼을 하지 않는 게 좋다. 왜냐하면 인간은 원래 별것 아닌 것조차 두 가지를 선택할 수 없다. 성서에는 "하느님과 부는 함께 섬길 수 없다."고 쓰여 있는데 그런 거창한 대상이 아니라도 인간은 옷 한 가지를 몸에 걸치면 그 순간 다른 옷은 포기해야 하는 거라고 누군가 좋은 비유를 들어 가르쳐주었다.

가장 중요하게 여겨야 할 존재를 증명하는 것이 결혼이라고 생각한다. 처자식이 중요하지 않다고 여기는 경우도 많이 있음을 부정할 수는 없지만 그런 사람은 결혼 생활을 청산하고 그 관계도 공표하는 것이 혼란을 주지 않고 좋을 것이다.

결혼 생활에 지장을 주는 요소 중 하나는 배우자의 가족이나 친지가 자신들의 생활에 얼마나 개입하는가이다.

작게는 부부가 사는 도시에서 축제나 전국체전, 올림픽, 무슨 박람회 같은 것이 열릴 때 친척이 대거 몰려오거나 온 집안 식구가 번갈아 놀러 오겠다고 하는 데서부터 문제가 시작된다.

찾아오는 사람 입장에서는 시댁 식구니까, 친정 식구니까, 혹은 동기간이니까 모처럼 그런 기회에 오는 게 당연하다고 생각한다. 그러나 밤에는 다섯 명분의 잠자리를 준비해야 하고 다음 날 아침에는 다섯 명의 시트와 베개 커버를 빨아야 하는 데다가 다섯 명의 식사도 준비해야 하니 며느리이자 딸이며 언니인 주부는 당해낼 도리가 없다.

그러나 인간은 형제든 친구든 가정을 꾸려 살림하는 그 순간부터 완전히 서로 남인 것처럼 예의를 차려야 한다. 친부모라면 모르지만 형이나 동생 부부에게 그런 식으로 불편을 끼쳐서는 안 된다.

축제나 명절 때 집에 오는 것조차 아무렇지도 않게 생각하는 것은 개인의 가정 확립이라는 개념을 아직 엄밀하게 생각하지 못하기 때문이다. 그것뿐이라면 나도 일본인이니까 이해할 수 있지만 부부가 사는 방식까지 간섭하는 친척이나 친구는 도저히 이해할 수 없다. 그 경우 그런 사람들의 충고에 귀를 기울이는 건 좋지만 이래라 저래라 하는 지시를 따를 것까지는 없다.

친정어머니는 세상을 떠나셨는데 어머니가 15년 가까이 환자의 몸으로 생활하고 있을 때 한 친구가 어머니를 대하는 나의 방식이 틀렸다고 충고한 적이 있다. 물론 나는 어머니에게 효도를 다했다고 생각한 적은 한 번도 없다. 나는 어머니와 한 번도 따로 살려고 생각한 적이 없었을 뿐이다. 나는 결혼 이후 30년 동안 어머니와 한지붕 아래 살았다.

극진하다는 말과는 거리가 멀지만 그 정도로 용납해 주었으면 했다. 우리 부부는 어머니의 경제적인 모든 편의를 봐드리고 어머니가 움직이지 못하게 될 때까지 같은 밥상에서 식사를 했다. 남편은 어느 날 "우리는 한 번도 단둘이 살아본 적이 없군." 이라고 말했는데 정말 여행할 때를 제외하고 우리는 그것을 당연한 운명으로 알고 그렇게 살아왔다. 그 친구는 내가 어머니의 희망을 조금 더 들어주어야 한다고 비판했지만 그때 내가 생각한 것은 그렇다면 그녀가 나 대신 어머니를 보살펴줄 수 있을까, 하는 것이었다.

어머니는 내가 일을 좀 줄이고 자기와 놀아주기를 바랐다. 그러나 적당히 일을 줄인다는 게 말은 쉬워도 실제로는 어려운 것이다. 어머니와 나 말고 우리 집안에서 문제되는 왜곡의 본질을 아는 사람은 없었다. 그것을 우리 부부가 적당히 얼버무려 받아들이고 어찌 되었든 같이 사는 세 노인을 위해 우리 두 사람이 쓰러지지 않는 것이 (최상의 의무가 아니고) 최소한의 의무라는 것을 사무치게 아는 사람도 있을 리가 없었다.

나는 그럭저럭 한 번도 어머니를 버리지 않고 살 수 있었다. 그것은 우리 부부 사이에서 어머니와 함께 사는 일이 공동의 프로젝트가 되었기 때문일 것이다. 다시 말해 부부는 어디까지나 부부로서 살고 그 부부가 서로 생명을 낳아준 부모를 혼자 살게 하지는 않겠다는 데 조금도 망설이지 않았기 때문이다.

세상에는 때로 이상한 부모도 있구나 하는 생각이 요즘 절실하게 든다. 지금도 비교적 많은 것이 결혼한 아들과 딸의 신세를 지는 것이 당연하다고 생각하는 사람들이다. 자식이 결혼하면 두 사람은 원칙적으로 독립된 단위가 된다. 그렇기 때문에 당연히 생활도 따로 하는 것이 자연스럽다. 일본에는 이 당연한 이치를 모르는 부모가 너무 많다.

나는 모든 부모가 결혼한 자식과 반드시 따로 살아야 한다고 생각하는 건 결코 아니다. 그러나 만약 같이 살기로 한다면 임의와 자유 의지로 그렇게 해야 한다는 것이다. 다시 말해 자식 쪽에서 '같이 삽시다' 라는 제의를 했고 부모가 그것을 뜻밖의 제의지만 기쁘게 받아들이는 형태라면 모르지만 부모 쪽에서 당연한 권리처럼 '내가 그렇게 고생해서 키운 자식이니까 나를 책임지는 게 당연한 일이다' 는 식이어서는 안 된다. 오는 말이 고와야 가는 말이 곱다고 그런 말을 하면 자식 쪽에서도 '당신 자식으로 태어나고 싶어 태어난 건 아니다' 라고 대꾸할 것이다.

결혼한 자녀 쪽에서도 비인간적인 경우가 있다. 부모가 가난과 질병으로 고통받는 경우 누가 보살펴야 하는가를 묻는다면 그것은 국가도 사회도 아니고 우선은 자식이 해야 할 몫이다. 자식이 같이 살 형편이 못 된다면 이야기는 또 다르다. 그러나 경제적으로 넉넉하면서도 부모에게는 인색한 사람들이 꽤 있다.

나는 비관적인 사람이라 인간관계의 규칙도 최소한으로 억제하는 것을 좋아한다. 다시 말해 우정이든 부모와 자식 관계든 뭔가를 줄 때는 아무런 생색도 내지 않고 흔쾌하게 주는 게 좋다. 상대에게 감사의 말을 듣거나 보상해주기를 절대 기대하지 말아야 한다. 왜냐하면 보답을 기대하는 행위는 진정한 사랑이나 우정, 친절의 결과가 아닌 것임이 분명하기 때문이다. 상대에게 친절을 베풀 때 우리는 친절을 베풂으로써 자신이 기쁘기 때문이다. 친절하게 대한다는 것은 일종의 기쁨이므로 그 기쁨을 있는 그대로 받는 건 우리 쪽이지 엉뚱한 친절에 난감해할지도 모르는 상대가 아니다.

자신이 베푼 친절에 대해 감사하지 않는다고 화를 내는 사람(어떤 종류의 부모도 이에 속한다)이 있는데 그것은 자신만의 착각이다. 상대에게 감사의 말을 듣지 못하면 화가 나는 친절이라면 처음부터 아무것도 하지 않는 게 낫다. 언젠가 나의 지인이 나에게 이런 말을 한 적이 있다. 내게 친절한 것처럼 보이는 것은 이해득실을 따져

서이고 그것은 진정한 우정이 아니라고. 만약 그 말이 옳다고 해도 그 일로 부끄럽게 생각해야 할 사람은 내가 아니고 나로 하여금 그렇게 생각하게 만든 상대라고 생각했다. 적어도 신앙의 세계에서 보는 바로는 그렇게 된다. 혹은 또 내 식대로 말하자면 인간의 마음은 불순한 것이 일반적이므로 30퍼센트의 계산과 70퍼센트의 진심으로 이루어지는 인간관계가 대부분이다. 혹은 그 반대의 비율로 타산이 70퍼센트이고 진심이 30퍼센트인 경우도 있을 것이다. 비록 30퍼센트의 진심이라도 받는다는 것은 정말 행복한 일이라는 것이 내 생각이다. 10퍼센트의 친절도 받지 못하는 인간관계도 있다는 것을 생각하면 30퍼센트의 호의를 받을 수 있다는 것은 대단한 영광이다.

요컨대 나는 무슨 일에나 순수한 인간이 아니고 그렇다고 자신의 불순한 면을 특별히 부끄러워하지도 않는다. 왜냐하면 나는 불순하기 때문에 잃는 것도 있지만 동시에 순수하지 않은 성격이라서 이해할 수 있는 면도 있다고 생각하기 때문이다.

나의 이러한 이론으로 밀고 나가면 부모 부부와 자식 부부 사이에는 서로 전혀 다른 사고방식이 드러날 것이다. 다시 말해 부모 입장에서 보면 결혼한 자식과는 따로 생활해야 한다고 생각하면서도 옆에서 살고 싶기도 하고, 결혼한 자식 입장에서 보면 부모와 같이 사는 건 물론 번거롭지만 그렇다고 따로 살아도 걱정되는, 모순된 생각이 지극히 일반적일 것이다.

결혼은 어디까지나 당사자끼리 하는 것이지만 그 부모를 거부한다면 원만한 결혼은 성립되지 않는다. 상대는 좋지만 그 부모가 싫다는 것은 아직 그 상대를 진심으로 사랑하지 않는다는 증거일지도 모른다. 사랑이라는 것은 어떤 의미에서 무조건적인 데가 있어서 모든 가치관이 변하는 것 정도는 아무렇지도 않다. 상대가 좋으면 상대가 어떤 사람이라도 좋아진다. 어떤 질병에 걸려도 아무리 이상한 친척이 있어도 상관하지 않는다. 오히려 상대가 아프거나 불행하거나 하면 그 사람을 행복하게 해줄 사람은 자기밖에 없다고 생각한다. 그것은 충분히 남성적인 판단이기도 하고 모성적인 성실함이기도 하다.

그 점에서 내가 이상으로 삼는 어떤 부부의 남편은 아내가 결핵을 앓고 있을 때부터 "나랑 결혼해줘요. 당신 병을 반드시 낫게 해줄 테니까." 하면서 구혼했다고 한다.

부부는 하나의 단위로 생활이 확립되지 않으면 사회

적으로 아무 역할도 할 수 없다. 형제의 태도에 신경을 쓰고 부모의 안색을 살피고 친구의 비판을 걱정하고 이 모든 사람에게 성실하게 대하면서 나쁜 평판을 받지 않으려고 했다가는 아무것도 되지 않는다. 나는 별로 섬세한 성격이 아니라서 내 식대로 이렇게 생각하기로 했다.

"생활비를 보탤 것도 아니고 같이 살면서 보살펴주지도 않을 사람이 하는 말은 신경 쓰지 말자."

물론 인간이 살아가는 세상에서 모든 것이 돈으로 해결되는 건 아니다. 돈이 아니고 마음이 채워질 때 인간은 아무리 가난해도 살아갈 목표를 발견한다. 돈은 오히려 최소한의 가장 단순한 기능이다. 그러나 어떤 사람의 신병을 평생 맡아 같이 사는 일은 보통 굳게 결심하지 않고는 할 수 없는 일이다. 나는 적어도 한 인간의 일상적인 생활에 대한 모든 책임을 지는 사람에게는 다른 사람이 뭐라고 참견할 수 없다고 생각한다. 왜냐하면 어떤 사람이 부모와 살면서 아무리 형편없는 대우를 해도 적어도 그 사람은 바깥에서 아무것도 하지 않는 나보다는 상대에게 최선을 다하고 있는 것이기 때문이다.

동기간 사이에서 부모를 제대로 보살피지 못한다고 불평하는 사람이 있다. 가장 치사한 경우는 돈도 보태지 않고 모시지도 않는 시집간 딸이 가끔 친정에 와서는 올케가 잘못하고 있다며 비난하는 것이다. 말하자면 아무리 올케의 방식이 좋지 않더라도 아무것도 하지 않는 딸보다는 낫다는 게 당연한 이치다. 모시지도 않는 자식은 부모의 상황에 대해 이래라저래라 할 입장이 아니라고 생각한다.

나는 일본인치고는 세심한 정서가 다소 부족한 여자라서 할 수 있는 일은 하고 할 수 없는 일은 못하겠다고 분명하게 말하려고 한다. 아니, 좀 더 정확하게 말하자면 계속할 수 있는 것은 하고 어려운 일은 이렇게 하지 않으면 계속할 수 없다고 구분해서 생각한다. 열흘이나 한 달 정도면 웬만한 일은 노력해서 할 수 있다. 그러나 몇 년, 몇 십 년 동안 계속 책임을 지고 해야 하는 일에 대해서는 좋은 말만 늘어놓을 수는 없다. 멀리 떨어진 부모를 가끔 보러 가거나 계절마다 물건을 보내고 마음이 편해지는 것만큼 쉬운 일은 없다. 그러나 매일 모시고 살아야 한다는 것은 부모에 대한 순수한 애정만으로는 할 수 없는 경우도 있다. 그럴 때 인간을 지탱해주는 것이 의무라는 관념인데 내 식대로 말하자면 의무도 애정도 다 좋다. 하느님은 단지 일을 해낸 자만을 평가하는 분이라 그 일에 대해 이러쿵저러쿵 간섭하는 사람은 아무것도 하지 않은 것과 똑같다는 사실을 아시는 것 같다.

만약 어떤 부부가 정말 모시고 사는 부모에 대해 형편 없는 대접을 하고 있다고 생각한다면 그렇게 생각하는 다른 형제는 비판하기 전에 자기가 부모를 모셔 갈 일이다. 아무리 형편없는 대접이라도 모시지 않는 사람보다는 낫다. 그렇기에 그런 비판에 귀 기울일 것도 없다.

원칙을 말하자면 결혼한 형제자매 부부의 생활 방식에 대해 우리가 끼어들 여지는 거의 없다고 생각한다. 왜냐하면 결혼해서 가정을 꾸릴 정도의 나이가 되었다면 충분히 어른이고 그들의 생활이 어떤 취향으로 유지될지는 '타인'이 간섭할 일이 아니기 때문이다. 나에게 동기간이 없어 형제자매라는 진정한 개념을 모르는 걸까 싶기도 하지만 형제자매 역시 결혼했을 때부터 완전히 독립된 단위의 존재가 되었다고 생각할 수 없다는 데에서 여러 문제가 일어나는 것 같다.

예를 들면 사이 좋은 남매가 있는데 오빠의 생활에 여동생이 상당한 비중을 차지하고 살았더라도 오빠가 결혼하면 오빠에 대해 거의 아무것도 모르는 어떤 여자가 갑자기 오빠와 가장 친한 관계인 아내가 되는 것이다. 어느 날 그것을 보고 있을 수 없다는 여동생이 보낸 편지를 받은 적이 있는데 이런 감정은 내가 보기에 지나치게 친절한 마음 탓에 생기는 것이다. 친절이라는 것은 때로 불친절보다 난감할 때가 있다. 다시 말해 이 여동생은 오빠가 가장 좋은 상태로 살기를 바라지만, 이것은 자기야말로 오빠를 가장 잘 안다고 믿는 일종의 착각에서 나온 감정이다.

설사 그게 맞더라도 오빠가 결혼한 것은 오빠의 책임이고 긴 안목으로 볼 때 오빠가 어떤 방식으로 살아야 행복할지는 '하느님만이 아시는 일'인 것이다. 인간을 행복하게 만들어주는 데는 많은 경우 좋은 환경이지만 형편없는 환경이 그 사람을 더욱 큰 인물로 만드는 경우도 결코 드물지 않다. 그렇기 때문에 사랑하는 오빠가 어떤 식으로 살든 그것은 여동생의 책임이 아니므로 오빠가 자신의 운명을 잘 개척해 행복해지도록 기도해줄 수는 있어도 오빠의 인생이 행복해질지 불행해질지를 여동생 자신과 관계가 있다는 생각은 혹시라도 해서는 안 되는 것이다.

동기간 사이에 돈을 빌려주고 빌리는 일이나 보증을 서는 일 따위가 부부 갈등의 큰 요인이 되는 경우가 많다. 나는 결혼한 동기간에 대해서는 보증을 서주지 말아야 한다고 생각한다. 반대 입장에서 말하자면 동기간이 보증인이 되어줄 것이라는 안이한 기대를 해서도 안 된다는 말이다. 왜냐하면 몇 번이나 말했듯 결혼한 동기간은 이미 부모 밑에서 같이 지내던 때와 전혀 다른 인격이라고 생각해야 하기 때문이다.

나는 항상 부모는 딸이 모시는 것이 가장 자연스럽다고 생각한다. 나 자신이 그렇게 했지만 딸과 함께 사는 것을 부모는 더 편하게 여긴다. 내가 가장 이해할 수 없는 것은 딸은 다른 가문으로 시집간 사람이니까 아무래도 아들이 모셔야 한다는 발상이다. 그런 논리는 2차 대전 이전처럼 모든 재산이 장자에게만 상속되던 시대에나 성립되는 것이지 지금처럼 재산을 자녀가 평등하게 나누는 시대에는 근거 없는 발상이다.

현재의 헌법에는 자녀가 재산을 평등하게 분배한다고 규정되어 있지만 나는 이 또한 이해하기 힘들다. 어디까지나 부모를 모시는 책임을 지는 자녀가 재산을 물려받는 것이 타당하다고 생각한다. 내가 아는 사람 중에도 상식이 있는 어떤 집에서는 부모님이 돌아가신 후 '고생했다'는 의미를 담아 아무것도 하지 않은 자녀가 상속을 포기해 부모를 모신 형제에게 남은 것을 전부 주었다.

물론 나는 대가가 없으면 부모를 모시지 않아도 된다는 말을 하려는 건 아니다. 이유는 전혀 다른 데 있다. 예외는 있지만 딸이란 부모에게 어딘지 모르게 편안한 존재이므로 그것을 활용하는 게 좋다는 말을 하려는 것이다. 직접적인 생활에서는 딸 혼자 모시고 그 밖의 형제자매가 금전적인 도움을 주는 것이 가장 타당한 형태일 것 같다. 그렇게 되면 시집간 딸도 친정부모를 모시는 데 대해 시댁에서 위축감을 느끼지 않아도 될 것이다.

　배우자의 형제자매와는 즐거움을 나누고 칭찬할 일은 칭찬하고 상대가 어려운 일을 당했을 때 감사나 보답을 기대하지 않는 한도 내에서 가능한 만큼 도와준다. 그러나 그들의 인생관에 대해 이러쿵저러쿵 잔소리하거나 돈을 쓰는 방식에 대해 비판하거나 좀 더 도덕적이 되라며 충고해서는 안 된다고 생각한다.

　대신 자신의 삶의 방식에 대해 무슨 소리를 해도 점잖게 흘려들으면 된다. 정색하고 반론할 것도 없다. 악평에 대해 아무렇지도 않을 수만 있다면, 그리고 동기간이 뭔가를 해줄 것이라는 기대만 하지 않는다면 이렇게 하는 것이 그리 어려운 것만은 아니다.

　우리 집은 어머니의 오빠인 외삼촌이 작은 회사를 운

영했고 아버지는 그 회사의 전무였다. 친족 회사라는 특성상 답답한 내부 사정에 대해 어머니는 어린 나에게 많은 이야기를 해주었고, 나는 아버지를 그런 점에서는 동정했으며, 오빠와 남편 사이에서 속을 끓여야 하는 어머니도 불쌍하다고 생각했다. 어머니는 결국 나중에는 사람들이 친족 회사를 만들려는 것은 근친자를 고생길로 끌어들이는 일이라고까지 말했다. 어머니에게는 사이가 원만치 못한 남편이었지만 그나마 아버지에 대한 위로였는지 모른다. 남자에게 바람직한 것은 자기 혼자의 역량을 보일 자리가 있을 때인데, 아버지처럼 대학을 나오고 나서 일단 대기업에 들어갔지만 손위 처남의 요청으로 그 회사를 돕게 되었다는데, 적어도 나는 그것이 결코 바람직한 일은 아니라는 것을 알았다.

부부의 결속이라는 말은 왠지 부자연스럽고 거북하다. 동지도 동료도 아니다. 단지 부부가 서로 도와서 해결해 나가지 않으면, 그리고 그 도움이 자연스럽지 않으면 주변 일들이 왠지 순조롭게 진행되지 않는다. 그렇기 때문에 부부는 본질적으로 법을 거스르지 않는 한도 내에서 자신들의 독자적인 생활 방식을 확립하면 되고 그렇게 하는 것이 많은 경우 남을 돕는 실질적인 힘도 된다.

결혼식은 사상의 작은 표현

우리처럼 오래 산 부부는 결혼식에 대한 기억도 아득한 옛날 일이 되었다. 그 시절에는 웨딩 케이크니 뭐니 하는 것도 없었고 무슨 무슨 요리를 대접해야 한다는 분위기도 없었다. 그러나 앞으로 결혼하는 부부나 아직 결혼한 지 얼마 되지 않은 부부에게는 결혼식 전후에 치르는 일련의 행사가 그 후에 이어질 결혼 생활의 성패를 좌우할 정도로 큰 영향을 주는 경우도 있는 것 같다.

나는 아버지가 결혼식 비용을 내줄 거라는 기대조차 하지 않았다. 어릴 때부터 섬세한 감수성 같은 것은 잊고 살아서 하얀 웨딩드레스를 입고 싶다고 생각한 적도 없었다. 대학을 졸업할 때 사각모와 졸업 가운 사진조차 한

장도 남기지 않았다.

남편 미우라 슈몬도 다른 이유에서 약혼 예물이나 결혼식 따위엔 아무 관심도 없었다. 그 무렵 그가 잘 알고 지내던 사람이 사랑의 도피 행각을 벌여 부모가 심하게 걱정했는데, 미우라가 그들을 찾아내겠다는 탐정 역을 맡았던 것이다. 대략 어디쯤 갔을 거라고 짐작을 했기에 그 부근의 이불 가게를 닥치는 대로 돌아다니며 탐문하는 방법으로 비교적 간단하게 남녀의 행방을 찾아낼 수 있었다. 당시는 백화점에서 이불을 사는 경우가 드문 시절이라 가능할 수 있었다. 남편은 두 사람이 극적으로 도피 행각을 벌이면서까지 부부가 된 일을 상당히 부러워했다.

그러나 까다로운 아버지도 우리의 결혼을 승낙했기 때문에 도피할 이유도 없는 우리는 도쿄 역에 있는 스테이션 호텔에서 조촐하게 피로연을 했다.

만약 우리가 주위 사람들의 마음을 전혀 배려하지 않아도 되는 사람들이었다면 피로연 따윈 하지 않았을지 모른다. 나 자신이 전부터 관습이나 형식에 얽매이는 것을 좋아하지 않는 데다, 젊었을 때부터 누구나 살기 바쁜 세상이라는 걸 실감해왔다. 그래서 무슨 일로든 나 때문에 사람을 불러모으는 따위의 지각 없는 행동은 하지 않겠다고 생각했다.

다행히 우리 부부는 지금까지 결혼식 이외에는 대대적으로 사람들을 모이게 한 적이 없다. 이는 내가 지금까지 문학상과 인연이 없었다는 말이기도 한데 생각해보면 이는 내가 은근히 바라던 바라 다행스러운 일이다. 그래도 출판 기념회, 후원회, 은혼식 정도는 내가 원했으면 기회가 있었을지도 모르지만, 그런 행사 역시 귀찮게 여기다보니 결국 아무것도 하지 않고 그냥 넘어간 것이었다.

우리의 결혼식 날―너무 먼 옛날 일이라 거의 잊어버렸지만―미우라 슈몬의 말에 의하면 양가 부모님은 모두 한바탕씩 부부 싸움을 했다고 한다.

나는 괴팍한 아버지가 다행히 그날은 아무 일 없이 참석한다기에 안심하고 있었는데 운전수에게 줄 사례비 봉투를 누가 갖고 있어야 했다느니, 자동차 배당을 엉망으로 만들어버렸다느니, 짐을 담당한 사람이 멀리 가버렸다느니 등의 아무튼 사소한 일로 양쪽 부모님과 시누이 부부 모두 조금씩 불만을 터뜨리고 말다툼을 했다고 한다.

우리 부부는 나름대로 상식을 무시하며 살아왔지만

그렇다고 우리 방식을 남에게 강요할 만한 정열도 없었다. 뭔지 모를 자기만의 취향 같은 것은 있다. 그러나 왜 그런 취향을 갖고 있느냐고 누가 이유를 물어도 딱히 대답할 근거도 없다. 가령 있다 해도 그것을 남에게 강요하려는 생각은 전혀 없었다. 나는 항상 나보다 희망이 강한 사람의 취향을 따르려고 생각했다. 그렇다고 절대 억지로 하지는 않았다.

나는 결혼식 같은 건 자기가 좋아하는 방식대로 해도 상관없고 남들이 바라는 대로 모든 취향을 양보해도 상관없다고 생각한다.

내 아들이 결혼식을 할 때 우리는 며느리 쪽에 기본이 되는 규모나 방식을 모두 맡겼다. 말이 좋아 맡긴 것이지 사실 생각하는 게 귀찮았던 것이다. 그리고 우리는 자유업으로―즉 사회의 상식에서는 벗어난 가정이기에(오만하게 뭘 해도 된다는 게 아니고)―비상식적인 상황에 처해도 그다지 폐가 되지는 않는다. 그러나 며느리의 친정은 양식이 있는 성실한 가정이어서 특히 그녀의 아버지가 체면을 세울 수 있는 것이 최선일 거라고 생각했던 것이다.

그 결과 구상의 대부분을 젊은 두 사람이 결정했고,

비로소 나도 딱 한 가지 희망 사항을 말했다. 결혼식은 2월 중순이라 무척 추울 때였다.

"너희는 본인 결혼식이니까 인생에서 중요한 행사일지 모르지만 다른 사람들은 남의 결혼식이니까 너희만큼 반갑거나 대단한 일이 아닐 것이다."

나는 찬물을 끼얹는 말을 내뱉었다.

"그러니까 가능한 식사는 융숭하게 대접하고 싶구나." 했는데, 뜻밖에도 거절당했다.

"저희는 샌드위치 파티를 할 겁니다."라는 말을 들으니 나는 젊은 두 사람의 비상식을 한편으로는 비난하면서도 한편으로는 '그렇단 말이지, 그럼 돈도 많이 들지 않겠네.' 하고 내심 반가웠다.

나는 세상 사람이 서로 옥신각신하는 것은 성실하고 완전하기를 바라는 사람들만 있기 때문이라고 생각한다. 어쨌든 자신이 알 바 없다고 생각하면 무슨 일이 일어나든 화를 내지 않아도 된다. 다행히도 아들의 결혼식은 별다른 대립 없이 끝났다.

내가 무엇보다 기뻐한 것은 며느리가 누구의 강제도 아니고 자발적으로 "피로연 예복 같은 건 따로 하지 않겠습니다. 그런 드레스는 평생 한 번밖에 입을 수 없는걸요." 하고 말했기 때문인지도 모른다. 그녀는 프랑스제 기성 웨딩드레스를 몇 군데 치수만 고쳐 입어서 비용도 정말 싸게 든 데다 평생 한 번밖에 입지 못하는 것을 그날 오후 내내 입고 있었다.

나는 며느리가 롱 드레스를 입고 싶다면 그야말로 아무리 이상한 취향이라고 생각했어도 그냥 입게 해주었을 것이다. 그 증거로 그 후에도 나는 가끔씩, "아들 며느리라도 일단 남의 식구니까." 하고 말한다. 나는 괜히 큰소리를 치는 게 아니다. 내가 아닌 남이라면 무슨 짓을 해도 정말 아무렇지도 않다.

생각해보면 결혼식은 신랑 신부 두 사람의 미학을 가장 단적으로 볼 수 있는 가장 적당한 행사인지도 모른다.

부부가 오래 같이 살다보면 더 복잡한 문제와도 부딪친다. 그러나 우선 신혼부부는 결혼식이라는 절차를 통해 서로의 사고방식을 확인할 수 있다. 다시 말해 결혼식을 치름으로써 두 사람의 금전관, 세상에서 '권위'로 불리는 것에 대한 지향, 부권의 강도, 전통적인 관습에 대한 애착 정도, 겉치레의 정도, 협조성의 정도 등을 서로 가늠해볼 수 있다. 이런 것들은 크게 중요한 건 아니지만 부부가 서로 너무 차이 나면 큰 비극이 되기도 한다.

언젠가 어느 신문사에서 최근 해가 갈수록 결혼식이 화려해지는데 그 점에 대해 어떻게 생각하느냐고 묻는 전화가 왔다. 나는 아무렇게도 생각하지 않는다고 대답했다.

왜냐하면 결혼식을 하는 방식 정도는 자기 스스로 어떤 식으로든 결정할 수 있는 것이니 그것을 남의 이야기라고 함부로 불평하는 것만큼 이상한 건 없다고 생각했기 때문이다. 반대로 결혼식을 화려하게 올렸다는 사실을 기뻐한다면 그 비용은 목적에 맞게 제대로 유효하게 쓴 것이므로 타인이 그 일에 대해 왈가왈부할 일은 아니다. 결혼식이란 그 사람이 갖고 있는 사상의 작은 표현이므로.

부부 사이의 무례함

초대 기독교를 세운 성 바오로가 코린도 신자들에게
보낸 '코린도인에게 보낸 첫 번째 서간' 13장 '사랑의 정
의'에 대해서는 앞에서도 언급했지만 "사랑은 시기하지
않고 뽐내지 않으며 교만하지 않고 무례하지 않습니다"

내가 오늘 여기서 언급하려는 것은 '무례하지 않습니
다'라는 점이다. 식상한 말이라고 하겠지만 자기 남편이
나 아내의 행동이 거칠어서 도저히 좋아할 수가 없다고
말하는 사람이 세상에는 의외로 많다.

어떤 사람은 남편의 밥 먹는 습관이 도저히 마음에 들
지 않는다며 불평을 한다. 사실 그리 큰 흠도 아니다. 입
안에 음식을 가득 넣고 쩝쩝 소리를 낸다거나 국물을 먹

을 때 후루룩 소리를 내는 등 보기에 좀 민망한 습관일 뿐
이다. 제발 그러지 말라고 아무리 말해도 수프를 먹을 때
수프 접시를 손으로 들고 먹는다거나 빵을 한 입씩 잘라
서 버터를 바르지 않고 큰 빵에 온통 버터를 다 발라놓고
입으로 잘라 먹는 등 하나하나 생각하면 그리 큰 결점도
아닌 듯한 버릇이다.

아주 중대한 일이 아닌 이상 남에게 말해봐야 진심으
로 동정해주는 사람도 없다. 아내가 그것을 싫어하면 그
녀의 친구는 모두 "그런 건 일일이 신경 쓰지 않으면 되
잖아."라고 한다. 그런 정도는 그녀도 너무 잘 안다. 남편
이 도둑질을 하는 것도 아니고 바람기가 있어 고민하는
것도 아니다. 밥 먹는 태도 정도는 남과 좀 달라도 특별
히 파렴치한 짓을 하고 있는 게 아니다. 그런데도 밥 먹
는 모습이 보기에 흉하다는 이유만으로 아내는 남편과
얼굴을 마주하는 게 정말 싫다고 한다. 그래서 남편에게
이야기를 하면 "뭘 그런 걸 가지고 그래" 하며 상대도 해
주지 않는다. 말해봐야 소용없다는 건 처음부터 예상하
고 있었다고 한다. 그러나 그런 일 하나하나가 쌓이고 쌓
이는 동안 남편에게서 마음이 점차 떠나는 건 어쩔 수 없
다. 이런 작은 일로 상대를 비판해서는 안 된다고 생각하

면서도 그녀는 도저히 마음을 제어할 수 없다고 한다.

집이라는 것이 마음 편하게 쉬는 곳이라는 주장에 나는 절반은 찬성하고 절반은 반대한다. 우리 집에서 나는 심리적인 면으로는 방심 상태에 가까울 정도로 자제심이 없다. 요컨대 편안하다. 첫째 기독교라는 것이 어떤 면으로는 성악설을 주장하고 다른 한 면으로는 성선설이라는 것도 있어 인간은 모두 '불완전한 존재다', '실수하는 존재다' 라는 안도감 같은 것이 있기 때문이다. 그래서 나는 집에 오면 밖에서 있었던 일을 시시콜콜 이야기한다. 자신을 잘 선전하는 것도 있지만 남에 대해 얼마나 좋지 않은 감정을 가졌는지도 말한다. 이런 것은 감춰둬도 좋겠지만 결혼 생활을 한 30년쯤 하고 나면 거짓말은 대부분 이내 탄로가 나고 남편 쪽도 내가 무슨 말을 해도 놀라지 않는다. 그런 의미에서 나는 우리 집에서는 지나치게 편안하게 지낸다.

그러나 결코 말해서는 안 된다고 생각하는 일도 있다. 개인의 성격에 따라 다르지만 상대가 마음의 가장 깊은 곳에서 생각하는 일을 예리한 칼로 난도질하는 짓을 해서는 안 된다고 생각한다.

옛날에 들은 이야기지만 비교적 젊은 나이에 대머리

를 걱정하는 사람이 있었다. 나는 대머리에 관해서는 전혀 신경 쓰지 않는 성격이고 그건 머리가 좋은 사람이 뇌 안이 가득 차 있기 때문에 두피가 당겨져서 일어나는 증상이라고 생각했다. 그러나 그 사람의 부인이 대머리를 우스개로 삼았을 때 그는 안색이 달라져 부인이 아끼는 고양이를 장롱에 내던졌다. 그러나 그의 말을 들어보면 그는 고양이를 싫어해서 평소에도 별로 가까이 하지도 않았는데 그날은 마침 고양이가 옆으로 왔기에 뿌리치려고 하다보니 그렇게 되었다고 한다. 그러나 이 어린애들 같은 싸움으로 두 사람은 깊은 상처를 입었다.

다시 말해 남편은 자신이 감각적으로 언급하고 싶지 않은 점을 아내가 아무런 공감도 하지 않는다는 것을 확인했다. 그것은 권투 시합을 할 때 상대가 미간을 맞아 피를 흘리면 특히 그곳을 노려 계속 때리는 것과 비슷하다는 것이다. 권투 시합 같으면 상대를 때려눕히기 위해 치사한 방법도 써야 한다. 그러나 부부 생활은 권투 시합이 아니기 때문에 상대가 결정적으로 상처를 입을 만한 공격법은 피해야 한다. 화내고 있을 때 그런 생각을 할 여유가 어디 있느냐고 말하는 사람도 있지만 나는 그래야 한다고 생각한다. 왜냐하면 너무 치사한 행동은 상대에 대한 위안 때문이 아니고 나 자신을 위해 하고 싶지 않은 것이므로 그 소박한 미학이 있다면 상대를 철저하게 때려눕히는 짓은 하지 않아야 할 것이다.

한편 부인 쪽도 깊은 상처를 입기는 마찬가지였다. 부부에게는 자녀가 없기 때문에 고양이는 자식과도 같은 존재였다. 그 정도로 아내가 아끼는 고양이에게 죽을지도 모르는 행동까지 했으니 용서할 수 없을 뿐 아니라 그것은 곧 아내를 정신적으로 죽이는 것과 같은 행위로 볼 정도로까지 사건이 커져버린 것이다.

이 이야기를 나는 소설로 쓸까 생각했지만 결국 쓰지 않았다. 이 이야기는 정말 어리석은 다툼이지만 어딘지 모르게 약간 기분 나쁜 면이 있다. 그대로 무마되면 칼로물 베기인 부부 싸움이 되지만 약간 어긋나면 뜻하지 않게 좋지 않은 결과를 낳을지 모른다는 느낌도 들었던 것이다.

여기서 굳이 교훈이 될 만한 요소를 찾는다면 그 사람이 진심으로 걱정하는 사안은 아무리 싸움 중이라도 결코 말해서는 안 된다는 것이다.

애완동물을 기를지 말지는 사실 큰 문제가 아니다. 그래서 '인정해줘도 되잖아' 하는 아내와 '그러니까 그만두면 되잖아' 하는 남편의 요구가 부딪치는 것이다.

우리 집에도 그런 식의 대립은 얼마든지 있었다. 나는 마작 같은 것도 싫어하지 않는다. 젊었을 때는 우리 집에서 동인지 동료들이 마작을 하곤 해서 나는 규칙 정도밖에 모르지만 마작을 잘하고 싶었고, 그래서 게임에 방해된다는 것도 별로 생각하지 않고 끼워달라고 했다. 그러나 남편은 '나는 도박은 싫으니까' 하며 마작대 옆에 누워 책을 읽었다. 남이 하는 건 전혀 상관없다는 듯 '당신도 하고 싶으면 하구려' 하고 말은 했지만 옆에서 굳이 싫어하는 것을 꼭 할 필요가 없었기에 나는 마작만은 우리 집에서 하지 않았고, 다만 시력이 나쁜 시기에 기분 전환을 위해 커다란 패를 사다 몇 번 해봤을 뿐이다.

그렇다고 내가 남편에게 순종하는 것은 아니다. 교활하게 계산해서 그런 사소한 일은 상대가 원하는 대로 해놓고 정말 하고 싶은 일(예를 들면 기독교 성지를 찾아가는 조사 여행, 사하라 사막 종단 여행 등)은 하겠다는 속셈인 것이다.

그러나 나는 무엇보다 옷차림에서는 구색 맞춰 입지 못할 때가 많아서 이 점만은 늘 반성한다. 남편은 종종 목욕을 하지 않거나 이를 닦지 않을 때도 있지만 복장만

은 아침부터 반듯하게 갖추고 지낸다. 옷에는 각각에 맞
는 넥타이를 사고 바지도 꼼꼼하게 다림질한다. 나보다
훨씬 멋쟁이다. 그에 비하면 나는 아침 식사 때 잠옷 위
에 가운을 걸치고 식탁에 앉는다. 아침에 이런 칠칠치 못
한 모습으로 밥을 먹을 수 있다는 것은 나의 가장 큰 행복
이다. 남편이 이제는 포기해서 다행이지만 이런 일은 절
대 용납할 수 없다고 화내는 상대였다면 나의 이 고약한
무례는 개선되어야 했을 것이다.

무례하다는 건 생각해보면 간단히 말해 다른 사람의
존재를 대수롭지 않게 여기는 상태를 말한다. 인간은 혼
자 살 수 있는 존재가 아닌 이상 의식하든 의식하지 못하
든 반드시 남의 신세를 지면서 산다. 그런 '남'에 대해
우리는 때로 너무 쉽게 은혜를 잊는다. 자기에게 좋을 때
는 감사하는 마음이 생기지만 조금이라도 자신이 불편해
지면 그런 녀석이 있는 것조차 생각하고 싶지 않은 심정
이 된다. 혹은 그 사람의 존재에 이골이 나서 조금도 고
마움을 느끼지 못한다. 그런 것이 긴장이 풀어진 결과가
되어 나타난다.

가정 안에서 긴장을 강요당하다니 정말 끔찍하다고
생각할 사람이 있을지 모르지만 긴장이야말로 살아 있다

는 걸 느끼는 그 자체인 것이다. 나는 편안하게 뒹굴 때 절실하게 '아, 행복해' 하고 느끼는 일이 많은데, 그것은 긴장했기 때문에 그에 대비하여 좋다는 것이지 항상 편안하게 뒹굴고 있다면 마음을 놓고 있는 시간의 행복도 느끼지 못할 것이다.

오랫동안 결혼 생활을 영위할 수 있는 것은 가정이 자신에게 여전히 휴식을 주는 곳이기 때문이다. 그러나 그것과 무례함을 고치려고 하지 않는 것과는 다르다. 무례의 원천은 상대에게 호감을 느끼지 못하는 데서 출발하기 때문이다.

그것은 양쪽 모두의 책임이지만 부부 사이의 본질적인 예의를 잃는다는 현실에는 변함이 없다. 보통 지적인 남편이 한번 고주망태가 되도록 취해 평소와 전혀 다른 말을 내뱉고 길거리에다 음식을 토하는 모습을 본 아내가 그 이후로 도저히 전과 똑같은 존경심을 가질 수 없다고 털어놓은 예를 알고 있다.

다행스럽게도 무례한 행동을 그만두는 것은 예를 들면 담배를 끊기보다 간단하다. '부부는 타인'이라는 원칙을 떠올리면 집 안에서의 예의는 그래도 지키기 쉽지 않을까.

성격차에 관하여

　나는 시가 나오야志賀直哉(소설가, 1883~1971)의 단편을 좋아한다. 그런데 이 훌륭한 문학이 외국에서 이해받지 못할 작품들이고 번역할 수 있는 작품도 아마 '후지산, 기생, 오층탑' 등 이국풍의 범주를 넘지 않을 거라고 생각한다. 그 명작 중에서도 무시무시한 작품 중 하나가 '청개구리'라는 단편이다.

　H라는 지방 도시의 양조장 주인 산지로는 부친이 갑자기 세상을 떠나면서 가업을 잇기 위해 가까운 A시에서 학업을 중단하고 돌아온 사람이다.
　산지로의 친구 중 다케노라는 문학 청년이 있었다. 산

지로는 처음에 문학적인 세계에는 무관심했는데 다케노가 좋아하는 여자와 사랑의 도피 행각을 벌여 A시에서 과일 장사를 시작하자 산지로도 그의 영향을 받으면서 차츰 책을 읽거나 직접 짧은 문장을 써서 다케노에게 보여주기도 하는 생활을 시작했다.

산지로에게는 농가 출신의 세키라는 아내가 있었다. 건강하고 매력 있는 몸매의 소유자로 산지로는 결혼 전부터 호감을 느꼈는데 조모가 중간에 나서서 권유하자 두말 않고 아내로 맞이했다. 그러나 그녀는 지적인 대화를 나눌 수 있는 여자도 아닌 데다 말도 없고, 그 육체적인 매력에 비해 눈에 힘이 없는 게 특징이었다. 산지로는 세키가 자기처럼 문학에 흥미를 느끼는 건 무리라고 생각하면서도 완전히 희망을 버리지는 않았다.

어느 날 다케노에게서 이웃에 사는 극작가 S와 소설가 G가 A시에서 강연을 하게 되었으니 들으러 가지 않겠느냐는 초대의 편지가 왔다. 산지로는 아내 세키도 데리고 갈 생각이었는데 출발 직전에 조모가 쓰러졌다. 대단한 일은 아닐 거라고 생각하면서 산지로는 세키만 혼자 강연회에 보내고 자신은 집에 남기로 했다.

"당신은 어떻게 하겠소? 다케노가 기다릴 텐데 당신

혼자라도 먼저 가는 게 좋지 않을까 싶소. 당신이 가면 나도 모임이 어땠는지 들을 수 있을 텐데. 그렇게 하겠소?"

"예."

"할머니는 내가 잘 돌볼 테니 걱정하지 말고, 편하게 다녀오시오."

"예."

세키는 자기 의견이라는 게 없이 항상 시키는 대로 '예' 하고 따르는 것이었다.

다음 날 조모의 상태가 좋아져서 산지로는 강연회 시간에는 늦었지만 아내를 데리러 갈 겸 A시의 다케노 집으로 갔다. 그러자 다케노의 집에서 재워줬을 줄로만 알았던 아내 세키가 A시에서 최고급 여관에 묵고 있다는 말에 의외라는 생각이 들었다.

경위를 물어보니 전날 밤에 극작가와 소설가 그리고 다케노는 강연 후에 신문사 주최의 회식이 끝나고 만취해서 그 여관으로 갔는데 거기에는 다케노의 아내와 세키도 그 지역 음악 교사 야마자키라는 여자의 요청을 받고 일행을 기다리고 있었다. 야마자키는 소문이 별로 좋지 않은 데다 극작가와도 깊은 관계라는 평판을 듣는 여자였다.

밤이 깊어지자 술자리는 갈수록 어지러워지고 다케노 부부는 돌아갔는데도 야마자키는 세키에게 자기와 같이 자고 가라고 집요하게 권했다.

"괜찮으면 자고 가지 않을래요?"

S도 말했다.

"예." 세키는 웃으며 살짝 고개를 끄덕였다.

"자고 가시겠어요?"

"아무래도 괜찮아요."

이렇게 해서 세키는 여관에 묵게 되었다. 처음에는 야마자키가 옆에서 잤는데 어느새 그 사람은 어디론가 가버리고 대신 소설가 G가 들어왔다. 그가 하는 말에 의하면 야마자키 여사와 극작가 S에게 쫓겨서 왔다는 것이다.

산지로는 집으로 돌아가는 길에 아내가 소설가와 관계를 가졌다는 것을 알게 되었다. 그러나 그의 가슴속에는 아내에 대한 안타까움이 넘치는 동시에 그는 그런 마음을 갖는 자신에게도 당황스러웠다.

얼마 후 두 사람은 자신들이 살고 있는 마을로 돌아왔다. 그것은 어제와 다름없는 조용하고 아늑한 마을이었다. 아니, 산지로는 몇 시간 전에 나갔다 돌아온 마을이었지만 그에게는 정말 오랫동안 보지 못한 곳 같았다.

그날 저녁에 산지로는 45권의 소설집과 두 권의 희곡집을 책장에서 뽑아내더니 아무도 모르게 뒷산 분지로 들고 가서 무슨 나쁜 짓이라도 하는 사람처럼 두려움에 떨며 태워버리고 안도의 한숨을 내쉬었다.

이것은 무서운 소설이라면 무서운 소설이라 할 수 있고 극히 일상적인 일이라면 그렇다고도 할 수도 있다. 이 이야기 속에서 산지로 부부에게는 겉으로는 아무 일도 일어나지 않는다. 이런 성적인 문제가 일어났을 때 일본어로는 '실수가 있었다'는 표현을 한다. 그것은 문자 그대로 '실수'일 뿐 세키가 소설가를 전부터 좋아한 건 아니다. 아마 산지로와 세키 부부는 평생 이혼하지 않을 것이고 지방의 명문가로서 부부는 존경받으며 살 것이다. 그 하룻밤의 일은 단지 부부 사이의 심연으로 남을 뿐이다. 그러나 이 세키라는 아내는 이른바 순종적이고 얌전한 아내가 갖는 무서운 면을 참으로 잘 보여준다.

사람의 성격을 활달한 사람과 내성적인 사람으로 나누는 것은 누구의 눈으로 보나 일목요연하다. 내 생각엔 그 혼합형도 있다. 나처럼 뭐든지 거침없이 말하면 활달한 사람처럼 여기겠지만 사실은 자신감도 없고 뻬딱한 면도 있는 음험한 성격도 분명 있다.

그런 문제는 차치하고, 활달한 성격과 내성적인 성격은 어느 한쪽이 좋거나 나쁜 우열의 문제가 아니다. 이것은 개인의 특징이고 어느 쪽을 좋아할지는 기호의 문제이며 둘 중 어떤 성격이 일을 잘할지는 각 분야에 따라 다르다. 얼핏 생각하기에 활달한 사람이 인간관계가 원만할 것처럼 보이지만 한 가지 일에 집념을 갖고 깊이 파고들지 못한다는 단점도 있고, 내성적인 성격의 사람이 활달한 사람이 놓치는 부분을 항상 보강하는 덕목을 맡는 경우도 실로 많다.

같은 내성적인 사람이라도 강한 사람과 약한 사람이 있다. 내성적이고 강한 사람은 대부분 오랜 세월이 지나도 성실하게 일하지만 대신 융통성과 협조성이 없어 한집에 같이 사는 상대로서는 그야말로 답답할 수 있다. 하나에서 열까지 다 좋은 사람은 이 세상에 없는 법이다.

'청개구리'에 나오는 세키라는 여자는 내성적이고 약한 아내다. 그녀는 도회에서 나고 자란 내가 보기에 실로 지방적인 특성이 강하다. 그녀가 주위 사람의 마음에 그다지 동요하지 않는 것처럼 보이면서 더구나 항상 '예'

하며 반대하지 않는 것은 우선 세상의 다양한 사안에 관한 가치 판단을 스스로 결정하는 습관이 몸에 배지 않은 사람이라서 그럴 수도 있고, 혹은 그럴 능력이 없어서 자기답게 살아갈 방법 따위는 전혀 모르고 자랐다고 할지 어쨌든 둘 중 하나일 것이다. 아니 그렇게 쉽게 단언할 수 있는 것도 아니다.

세키의 내면에는 이치가 아닌 일종의 세상을 사는 상식이 특별히 의식하지 않아도 이미 배어들어 있다. 그것을 결코 무턱대고 비난해서는 안 된다. 그런 상식이 지역 사회의 결속력을 강화하고 개인이 그 안에서 부딪치는 것을 방지했다. 세키는 판단력이 없는 여자가 아닐 뿐더러 훨씬 효과적인 순발력으로 공리를 계산할 줄 아는 인물일 것이다.

그러나 그런 판단의 형식이 그 사람다운 인생을 만들 수 있을지 여부는 또 다른 문제다. 나 같은 사람은 그다지 개성이 뚜렷하지도 않으면서 나다움 같은 것을 쓸데없이 고집한다. 그것은 내가 자신이 납득한 삶이 아니면 재미있게 느끼지 않기 때문이다. 그렇다고 나와 같지 않으면 시시할 거라고 생각하는 것 또한 쓸데없는 참견이다.

자신의 사고방식을 고수하는 것에 대해 세상에는 그

게 더 용기 있는 삶이라고 여기는 사람도 있지만 결코 그렇지는 않다. 나는 내가 남과 비슷하게 생각해야 한다면 오히려 괴로워지는 일이 많기 때문에 나 혼자만의 판단을 하려는 것뿐이다. 오히려 약자의 피난처라고나 할까.

이 피난처는 두 가지만 각오하면 의외로 쉽게 도달할 수 있다. 하나는 인간의 부분적인 성악설을 인정하는 것이다. 자신이 좋은 사람이라는 평가를 받겠다고 하다보면 감추고 영합하고 상식에 휘둘리게 된다. 혹은 다른 사람에 대해 반드시 좋은 사람일 거라고 과대평가했다가는 즉시 실망하게 된다. 그러나 자신도 남도 적당히 비슷하다는 것을 깨달으면 크게 실망하지 않고 오히려 드러난 단점의 이면에 감추어진 좋은 점을 찾을 수도 있다.

또 하나는 자신을 감추지 않는 것이다. 좋은 평가를 유지하려고 하면 숨이 막히지만 일단 나쁜 평가를 받고 나면 그 이상 떨어지는 일이 없다. 그래서 감추지 않고 자연스러운 모습으로 살 수 있다고 나는 생각한다. 그러다보면 '저 사람은 평판은 나쁜데 좋은 점도 있네.' 하는 행운이 굴러 들어오는 일이 있을지도 모른다.

늘 말하듯이 부부 관계는 어떻게 조화를 이루느냐에 달려 있다. 두 사람 모두 내성적이거나 두 사람 모두 활달한 성격이면서 순조롭게 지내는 경우도 있고, 말없는 남편이 재잘거리는 아내의 목소리를 카나리아의 지저귐처럼 즐겨 듣거나 전혀 집중해서 듣지 않는 경우도 자주 생긴다. 그 반대로 부인은 항상 집에 들어앉아 지내기 때문에 대부분의 일을 외향적인 성격의 남편이 혼자 다 감당하는 예도 있다.

남자가 술집에서 인기가 있으려면 웃어서는 안 되고, 걸신들린 듯 먹어서도 안 된다는 설이 한때 유행한 적이 있다. 술집에서 여성들에게 인기를 얻으려면 항상 우수에 젖은 듯한 얼굴을 하고 있어야 한다는 것이다. 입을 크게 벌리고 웃어대거나 "이봐, 나 지금 배고파. 여기서 덮밥 하나 먹을 수 없을까?" 하고 술집에서 큰 소리로 떠드는 것은 여종업원들의 모성 본능을 자극하지 못한다.

요컨대 군이 말하자면 활달한 사람은 멋지지 않다는 것이다. 이것은 남녀를 불문하고 똑같다.

"난 미인이니까." 혹은 "나의 넘치는 인기 때문에 못 살겠어." 등으로 자화자찬하는 사람이 진짜 미인이거나 인기 있는 경우는 극히 드물다. 그렇다면 미남, 미녀는 내성적인 성격의 산물이라는 의미가 될지도 모른다. 그러니까 활달한 남녀는 영원히 내성적인 미남, 미녀를 당해내지 못한다고나 할까.

활달하게 보이는 성격은 천박함과 경박함을 동반하는 경우가 많다. 활달하면서 사려 깊은 사람도 없지 않지만 극히 드물다.

반대로 내성적이라는 사람의 경우 비겁하고 둔한 느낌이 있다. 예로부터 범죄는 내성적인 성격의 사람이 저지르는 비율이 높았다. 걸핏하면 "저런 녀석은 죽여버려야 해!" 하고 불끈하는 사람은 신중함이 부족하다는 말을 듣지만 말하는 것과 그것을 실행하는 것과의 차이가 커서 그런 사람이 실제로 사람을 죽일 확률은 매우 낮다. 그런 반면 얌전하고 평소 눈에 띄지도 않던 사람이 범죄의 주역이 되곤 한다. 활달한 사람은 순간적인 실수를 잘한다. 내성적인 사람은 천천히 생각하지만 생각지도 못할 큰일을 해치운다.

세키가 활달한 여자였다면 어떻게 되었을까. "난 문학 따위는 전혀 흥미 없어요. 귀찮게 하지 마세요." 하고 산지로를 실망시켰을지 모른다.

그러나 만약 세키가 그런 성격이었다면 음흉한 소설가나 극작가 따위를 믿고 따라나서지도 않았을 뿐더러 야마자키 같은 자유분방한 인물의 요구에 휘둘리지도 않왔을 것이다.

나는 사실 세키 같은 사람처럼 자신의 의지도 없고 인내와 순종으로 일관하는 생활에만 이골이 난 여자는 요즘 세상에 없을 거라고 생각했다. 그런데 그렇지도 않은 모양이다. 영업과 관련한 일을 하는 부인 중에는 회사에서 자신이 상품을 사야 하는 지경이 되어도 과감하게 그만두겠다는 판단을 하지 못하고 회사가 시키는 대로 했다가 손해를 보는 사람도 있다. 그것은 문학에 대한 취향도 없고 사람에 대한 분별성도 조심성도 없는 세키와 같은, 정신 구조가 허약한 사람이 얼마든지 있다는 의미다.

그런 사람을 배우자로 두는 걸 보통은 '무섭다'고 한다. 악을 악으로 인식할 때는 그나마 괜찮다. 그러나 눈앞에 드러난 사안이 악인지 아닌지를 자각하지 못한다면 막을 수도 책망할 수도 없다. 무서운 사건은 조용하고 얌전한 사람이 저지른다는 하나의 경향은 여기서도 찾아볼 수 있다.

그러나 시가 나오야의 '청개구리'에는 좀 더 많은 의미가 담겨 있다. 체면 때문이었는지, 약한 마음 때문이었는지 모르지만 아무튼 산지로는 세키와 이혼하지 않은 것이다. 아내를 그런 지경으로 몰아넣은 남자들의 작품

집을 태움으로써 이 불쾌한 기억과 결별하겠다는 생각일 것이다.

아내든 남편이든 인간은 그대로의 모습으로 사랑할 수 있다. 아내나 남편이 그걸로 족하다고 하면 부부는 그걸로 족하다. 그것은 무한한 용서를 암시한다. 신앙의 세계와도 일맥상통하는 경지다.

대화의 이유

시가 나오야의 '청개구리'에 나오는 아내를 한마디로 표현하면 아무 말도 하지 않는 참을성이 뛰어난 아내의 무서움 같은 것이다. 나는 다시 한 번 부부의 대화를 생각해보고 싶다.

집에 있어도 서로 말을 하지 않는 부부가 있다. 이것은 부부가 모두 말하기를 싫어하는 사람들이거나 아니면 남편이 뭔가를 이야기해줄지도 모른다는 기대를 포기한 아내의, 겉으로는 부부지만 사실은 독신 생활과 다를 바 없는 모습일 것이다.

보통은 아내가 이야기하는 경우가 많다. 남편은 아내의 목소리를 문자 그대로 작은 새의 지저귐이라 생각하고 듣는다. 그렇다고 크게 의미는 없다. 귀찮구나 싶을 때도 없지는 않다. 그러나 마음 어딘가에서 이 시끄러운 마누라가 암이나 뭔가로 죽어 없어지면 그래도 조금은 쓸쓸하지 않을까 싶은 생각으로 마음을 위로한다.

남편이 혼자 잘 떠드는 사람도 있다. 그 경우 아내는 남달리 모성적인 성향을 띤 사람이 많은 것 같다. 그녀는 유치원에서 돌아온 자녀의 이야기를 듣는 어머니처럼 남편이 하는 말에 귀를 기울인다. 이런 아내는 옆에서 봐도 마음이 넓고 현명해 보인다. 남편이 그녀의 손 안에서 마음 놓고 움직이는 인상마저 든다.

우리 집은 굳이 말하자면 부부가 모두 수다스러운 편이다. 우리는 둘 다 학생 시절 동인지 일로 만났다. 두 사람 모두 소설을 쓰려는 사람들이라 표현에 관심을 갖지 않을 수 없어서 뭔가를 의논하지 않는 일상 생활 같은 것은 생각할 수 없었다. 학교 교사인 남편은 결혼해서도 강의하는 버릇이 그대로 남아 있는 게 아닌가 싶을 정도로 이야기를 잘했다. 다른 사람을 신경 쓰는 성격도 아니기에 쉴 새 없이 생각한 것을 거침없이 입 밖으로 내뱉는다. 최근에도 머리숱이 적은 친구가 빗을 꺼내 머리 빗는 것을 보고, "머리칼도 없는 녀석이 빗은 꼭 챙겨 갖고 다니네." 하고 말했다가 상대가 심하게 화를 냈다고 한다.

결혼은 무엇 때문에 하는가에 대한 대답은 다양하겠지만 나는 그중 하나로 남자는 여자의 마음을, 여자는 남자의 심리를 아는 데 있다고 생각한다. 이성을 아는 목표는 섹스만은 아니다. 섹스만이라면 가능한 한 많은 상대를 경험하는 게 더 유리할 테니 오히려 결혼하지 않는 게 더 자유롭고 좋을 것이다.

그러나 상대 심리를 알려면 결혼해서 시간과 수고를 한껏 쏟아 부어야 한 인간을 겨우 이해할까 말까다. 그만큼 사람의 속은 깊다. 이것은 심리학 책을 읽으면 더욱 잘 알 수 있다. 자신의 마음을 파악하는 것조차 엄청나게 훈련해야 한다는 걸 알기 때문에 다른 개체인 배우자의 심리를 안다는 것은 그보다 더 어려운 작업임을 추측할 수 있다.

일반적으로 그 심리를 알려는 상대가 이성이라면 동성의 판단 사례를 적용할 수 없기 때문에 그 생각의 유형을 아는 것은 신선한 놀라움이며 위협이기도 하다. 특히 나처럼 동기간이 없는 사람에게는 남자의 생활을 아는 것이 바로 인간의 삶을 알 수 있는 단서라는 생각조차 들었다.

영어의 '인간'에 해당하는 단어 'man'은 여자가 아닌 남자를 의미하며 그리스어의 '덕'에 해당하는 'arete' 역시 '남자다움' '용기' '무용' 등을 함께 의미한다니 역시 진정한 인간을 알려면 남자를 연구해야 하나 싶다.

남자는 결혼에 대해 나처럼 고상한(?) 의도 따위는 거의 갖지 않는 것 같다. 결혼에 대한 남자의 가장 솔직한 목적은 넓은 의미에서의 성적 관심이고, 여자에게 정신이 있는지 어떤지는 크게 중요한 문제가 되지 않는다. 아내가 어떻게 생각하는지 따위는 별로 생각해본 적도 없는 단순파도 꽤 있다. 그들은 여자에 대한 배려가 없어서가 아니고 일종의 겸허함에서 자신에게는 여자의 마음 같은 건 도저히 이해할 수 없다고 믿는 것 같다.

우리가 수다쟁이 부부인 것은 서로 업무상 이성을 알 필요가 있었기 때문일 것이다. 우리 가정에서 대화를 하지 않고 지나간 날은 하루도 없었다. 생각해보면 대화는 그야말로 돈도 들지 않고 좋다. 장소도 상관없고 돈을 내고 기계를 구입해야만 할 수 있는 것도 아니다. '세 치 혀'라는 표현이 있는데 신출내기 가난뱅이 작가 시절 아직 경제적 여유가 없어 텔레비전은 사지 못해도 우리에게는 수다라는 공짜 놀이가 있었다. 그리스어 '의논하다' 또는 '논하다'는 말에는 '생각을 굴리는' 또는 '사색하는'이라는 의미가 덤으로 들어가 있는 것을 생각하면 우리가 일상적으로 하는 '무의미한 이야기'는 진정한 대화라고 할 수 없을 것 같다. 다시 말해 '이야기하는' 것은, 즉 '사색하는' 결과라고 하니 동물 중에서 인간만이 가능한 행위가 되는 것이다.

그것을 생각하면 서로 이야기하지 않는 부부는 매우 중대한 의미에서 인간으로서의 덕목을 다하지 못하고 있는 건지도 모른다. 물론 일본의 남편들이 밖에서 있던 일을 집에서 이야기하지 않는 것은 다른 미학 때문일 것이다. '내가 여자도 아니고 회사에서 누가 어쨌다는 것까지 일일이 떠들어댈 수야 있나!' 라는 생각에서일 것이다.

그러나 나는 누가 어쨌다는 식의 얼핏 생각하기에 좀스러운 대화가 세상 물정을 아는 데 중요한 단서가 된다고 생각한다. 우리는 모두 구체적인 것에서 출발하여 추상적인 명제에 도달한다. 뉴턴이 만유인력을 발견한 것은 농익은 사과가 나무에서 뚝 떨어지는 참으로 일상적인 광경에서 비롯되었다. 인간을 아는 것 또한 하나하나의 구체적인 인간의 행위나 반응에서다. 지금도 생각나는 일이 있다. 어느 날 아버지가 말했다.

"오늘 ○○ 씨의 수첩을 회사에서 주웠다."

듣고 있던 나는 별것 아닌 이야기라고 생각했다. 수첩 정도는 누구나 잃어버리니까.

"처음에는 누구 건지 몰랐지. 앞에 몇 장을 들춰봤지만 이름이 없었으니까. 하는 수 없이 뭐가 써 있나 하고 내용을 살펴봤지. 그랬더니 '나를 괴롭힌 사람'이라는 페이지가 있었어. 그리고 거기에 대여섯 명의 이름이 써 있더군."

"○○ 씨라면 그 상무라는 사람인가요?"

어머니가 물었다.

"여학생 같은 발상이지."

어머니는 평소에 ○○ 상무를 좀스러운 인물이라고 생각한 것 같았다.

"그 남자에게는 그런 면이 있었을 거야."

나는 그때 아무 말도 하지 않았다. 그 무렵 나는 표현력이 충분하지 못했다. 그러나 표현력이 있었다면 나는 어쩌면 그 좀스러운 ○○ 상무에게 그때부터 친근감을 느끼기 시작했다고 말했을지도 모른다. 나는 그 무렵부터 사람의 마음속 살피는 것을 좋아하게 되었다. 왜냐하면 사람의 마음속만큼 비열하고 비겁하고 또 슬프고 약하다는 점에서 비슷한 것은 없기 때문이다.

　요컨대 나는 그날 기분이 좋은 아버지가 아무렇지도 않게 말한 사회의 한 단면에서 인간의 보편성을 엿볼 수 있었던 것이다. 좀 과장해서 말하면 그날 이후로 나는 조금 변했는지도 모른다.

　나는 자신의 비열함을 인간의 공통된 부정적인 덕목으로 간주하게 되었다. 이젠 소심한 사람을 만나도 이 사람이 항상 두려워하고 있다는 생각을 하지 않게 되었다. 어쩌면 상무든 총리든 사장이든 순간적으로 그 사람의 마음을 스치는 생각은 비슷할 것이라는 식으로 생각하기 시작했다. 그 결과 나는 누군가 특정 인물을 깊이 모욕하는 일도 없었으며(때로는 천박하게 남을 험담하는 일은 있지만) 반대로 누군가에게 완벽을 바라고 깊이 동경하거나 쓸데없는 충성심을 갖는 일도 없어졌다. 다시 말해 나는 순수함을 잃은 대신 관대해진 것이다. 순수함을 유지하면서 관대해진다면 이상적이겠지만 순수와 관대함은 말의 개념상으로도 어울리지 않기에 나는 다소 불순하고 관대한 쪽을 선택하길 잘했다고 생각한다.

　우리 부부가 30년 넘게 결혼 생활을 유지할 수 있었던 것은 서로 수다쟁이였기 때문이라고 생각할 때가 많다.

나는 일 때문에 한두 달씩 여행을 하기도 해서 '집사람'이 아니고 '바깥양반'인 날도 많다. 그러나 나는 집에 돌아오면 밖에서 있었던 일을 시시콜콜 이야기한다. 특별히 의무라고 생각해서 그렇게 하는 건 아니다. 내가 만난 사람들이 이런 재미있는 말을 하더라, 이런 걸 했다더라 따위를 이야기하는 것이 순수하게 재미있기 때문이다.

나는 전부터 여자로서 인기가 없다는 것을 섭섭하게 여겨왔지만 그래도 어느 날 내게 생일 축하 키스를 해준 사람이 있었다. 나는 집에 와서 즉각 남편에게 자랑했다.

"오늘 ○○ 씨가 축하한다며 키스해줬어요."

"그거 참 기특한 일이군."

남편은 반가운 얼굴로 말했다. '기특하다'는 말은 이 경우 좀 우스웠지만 기묘하고도 정확하게 어떤 의미를 전달하는 것 같았다. 다시 말해 그에게는 멋진 배우도 아닌 자기 마누라에게 일부러 서비스로 키스 같은 걸 해준 상대를 치하하는 마음이 있었던 것 같다.

나는 30대부터 이따금 내 인생에서 무엇이 훌륭했는지를 생각하기로 했다. 이것은 언제 죽어도 미련이 없게 해두려는 소심한 생각의 결과물이다. 즐거운 일을 생각하려면 어김없이 가장 먼저 친구나 가족 간에 주고받은 대화가 떠오른다.

　그런 대화 안에서는 자신을 잘 보이기 위해 장식할 필요가 없었다. 인간에게는 누구나 약점도 추함도 있다는 것을 속속들이 아는 사람들뿐이라서 그저 있는 그대로 속을 펼쳐놓으면 되었다. 어쨌거나 세상을 살면서 이런 소박한 사치와 따스함은 그렇게 간단히 얻을 수 있는 건 아니다. 나는 정말 이야기를 하고 또 하다 죽을 것 같다.

　부부가 모두 조용히 있고 싶은 사람은 그 사람들대로 수다쟁이 부부에게는 없는 '침묵이라는 은근한 능변' 의 사치가 있다. 그러나 어린아이와 마찬가지로 자기 이외의 세상에서 일어나는 이야기를 듣고 싶어하는 아내에게 집에서 별로 말이 없는 남편은 정말 섭섭한 존재일 것이다.

　최근 '대통령의 범죄'나 '총리의 범죄' 라는 표현을 자주 듣는데 입을 꾹 다물고 살아가는 감동을 아내와 전혀 나누려 하지 않는 남편한테는 '남편의 범죄'가 성립되는 게 아닐까 싶다.

부부란 상대방의 성격을 바꿀 수 없는 관계다

　　배우자의 성격을 바꿀 수 있는가 여부는 자주 큰 문제
가 된다. 술버릇이나 여성 편력, 가출 습관, 도박, 거짓말,
상습적인 좀도둑질 등 아내나 남편의 곤혹스러운 버릇은
끊이지 않는다. 배우자는 타이르거나 설교해서 두 번 다
시 안 하겠다는 맹세를 받고는 한다. 그렇게 해서 자신이
바라는 대로 상대방을 돌려놓고자 하지만 순조롭게 개선
되는 예는 별로 없는 것 같다.

　　최근 어떤 잡지에서 가가와 도요히코賀川豊彦(기독교
사회운동가. 기독교의 박애 정신을 실천한 '빈민가의 성
자聖者'로서 일본은 물론 세계적으로 지명도가 높다.
1888~1960)가 1924년에 '아이의 권리'라는 제목으로 강

연한 내용 일부분을 알게 되었다. 평론가인 히구치 케이코樋口惠子(평론가이며 저널리스트, 1932~) 씨가 내용을 소개해준 덕분이다.

가가와 도요히코는 '아이는 먹을 권리가 있다'는 말로 시작해서, '아이는 잘 권리가 있다' '아이는 놀 권리가 있다' '아이는 야단 안 맞을 권리가 있다'고 했고, 이어서 '자녀는 부모에게 술을 끊어달라고 요구할 권리가 있다' '아이는 부모에게 부부 싸움을 그만하라고 요구할 권리가 있다'고 했다.

이것을 어떤 젊은이에게 읽어보라고 했더니 웃음을 터뜨렸다. 왠지 우습다고 한다. 중산층이 대부분을 차지하는 지금의 일본에서는 가가와 도요히코가 하고 싶은 말을 진지하게 받아들이기가 어려운 걸까.

원만하지 않은 가정에서 자란 나도 내가 어렸을 때 일을 상상하면서 이 권리를 읽어보니 어떤 면에서 만화 같다는 생각이 든다.

가가와가 의도하는 것처럼 빈곤·실업 등의 사회적인 부대 조건이 해결되면 부모의 부부 싸움 때문에 어쩔 줄 모르는 자녀의 인권이 회복되느냐 하면 반드시 그렇지 않은 면도 있다. 빈곤도 가정 불화도 그것을 스스로 해결할 수 없는 자녀 입장에서 부모의 불화는 일종의 폭력이다. 그런데 폭력적인 세계에서는 관념이나 말에 의한 이해가 통하지 않는다는 것이 그 특징이다. 폭력적인 세계에서 관념론을 내밀었다가는 그것만으로 그 행위에 대해 폭력적인 보복을 받는 일도 있는데, 그런 일을 경험한 적이 없는 사람에게는 상상하기 어려운 일일 것이다. 지금 우리 집에서 우리 부부가 싸울 때 아들이 끼어들어 "자녀에게는 부모한테 부부 싸움을 그만하라고 요구할 권리가 있어요."라고 했다면 아무리 발끈한 우리라도 그 자리에서 웃음을 터뜨릴 것이다. 그러나 옛날 우리 집이라면 그렇지는 않았을 것 같다. 비뚤어진 가정의 아이가 '권리'라는 것도 이해하지 못하는 상황에서, 권리를 주장해봤자 그것은 단지 우습고 슬플 뿐이다.

내 어린 시절 우리 집에서는 아버지가 공포 정치의 근원이었기에 나는 부모님의 생활을 통해 부부가 벌이는 숙명적인 싸움의 장면들을 속속들이 보며 컸다. 나에게는 부모님 중 어느 쪽이 좋은지 나쁜지 공정하게 판단할 힘이 없었다. 분명히 말할 수 있는 것은 두 분 모두 법률에 저촉되는 일을 하는 사람들이 아니었고, 그에 앞서 도덕에 어긋나는 일조차 하는 사람들이 아니라는 것뿐이다. 그 당시 우리 집에서 본 지옥과도 같은 현실을 가장 잘 아는 사람은 함께 살던 가정부들뿐이다.

아버지가 어머니의 희망을 모조리 꺾어버리려고 한 것은 결국 그렇게 함으로써 어머니가 두 번 다시 아버지의 마음에 들지 않는 일을 하지 않도록 길들일 속셈이었던 것 같다. 내가 나이가 들면서 나름대로 친절하게 아버지라는 사람이 절망이라는 단어를 몰랐을 거라고 생각하게 된 것은, 훨씬 뒤의 일이다. 아버지는 여전히 아내의 성격을 바꿀 수 있다고 생각했다. 그런데 어머니는 달라지지 않았다. 어머니가 좀 더 생각이 깊어서 아버지가 바뀌는 것은 진작 단념한 게 아닌가 싶다.

부모님이 이혼한 것은 그로부터도 한참 후였는데 엄마 나이 60세를 코앞에 둔 때였다. 게다가 딸인 내가 이혼을 적극적으로 추진시켰다.

나는 가톨릭 신자여서, 종교적인 견지에서 보면 자신의 경우든 다른 사람의 경우든 이혼 같은 것을 권할 수 있는 입장이 아니었다. 그러나 부모님은 가톨릭 교회의 테두리 안에서 결혼한 것도 아니니까 이혼은 특별히 남에게 비난받을 일도 아니었다. 이런 경우 만약 신자끼리였다면 두 사람은 별거라는 형태로 대충 얼버무리며 살게 된다. 그러나 내 신앙은 독실하지 않아서 내가 엄마의 입장이었다면 30년은 앞서서 결판을 내고, 서로 일찌감치 새 출발했을 것이다.

이런 개인적인 배경 탓인지 나는 아주 젊었을 때부터 어느 부부나 겉으로만 봐서는 알 수 없는 어두운 부분이 있을 거라고 생각하게 되었다. 그것이 비정상이라고도 생각하지 않고 어두운 부분이 있는 것이 보통이라고 생각한 것은 아무래도 사이가 나쁜 부부의 자식으로 자란 비뚤어진 내 마음 탓일지도 모르지만, 나는 지극히 현실적으로 부부란 서로 상대방을 바꿀 수 없는 관계라고 단순하게 믿고 성장해왔다.

술버릇이 나쁜 남편에게 아무리 "제발 적당히 마셔요."라고 해봐야 바뀔 가능성은 매우 낮다. 물론 바뀌는 경우도 있지만, 그것은 그 사람 안에서 치열한 내면의 변화가 있었을 때뿐이다.

외부의 불쾌함에 잘 대응하지 못하는 사람도 많다. 그 이유는 여러 가지이다. 몸이 약해서 조금이라도 괴로운 일을 견뎌보려고 해도 육체적으로 무리인 사람도 있다. 그리고 우리 아버지도 그런 유형이 아니었을까 생각하는데 남에게 지나치게 기대하는 사람은 항상 남에게 배신당하고 화를 낸다.

아버지와 달리 남편은 내가 어떤 비상식적이고 무지한 짓을 해도 결코 화내지 않았다. 주의를 주지도 않았다. 구체적인 예로, 함께 외국 여행 중에 자리에 어울리지 않는 복장을 하고 나타나도 그는 결코 곤란해하거나 핀잔 준 적이 없다. 내가 물어볼 때에는 스웨이드 구두는 신지 않는 게 좋다든지 그 길이의 소매라면 장갑은 어느 정도 길어야 한다는 등을 대답해주지만, 묻지 않는 이상 아무 말도 하지 않으며, 내가 조금 엉뚱한 복장을 해도 창피한 표정을 지은 적도 없었다.

약간의 해설을 덧붙이자면, 그것은 그의 성격이 차갑기 때문인 것 같기도 하고, 나라는 인간은 그런 여자라서 좋든 나쁘든 그것이 나라고 생각하는 것 같기도 하고, 세상의 상식 같은 것에 전혀 신경 쓰지 않기 때문인 것 같기도 하고, 모든 일은 어디로 굴러가도 큰 차이는 없다고 생각하기 때문인 것 같기도 했다. 그런데 사실 가장 뚜렷한 이유는 이 사람은 주의를 줘봤자 별로 바뀌지 않을 것이라고 생각했기 때문이었다. 요컨대 우리 집에는 소설가 가정다운 비상식이 있고, 세상사는 잘되는 것도 좋지만 나쁘면 나쁜 대로 그 나름의 의미가 있다는 논리가 지배

하고 있었던 것이다.

아마 진지한 성격의 아내라면 그쯤에서 화를 낼 수도 있으리라. 그러나 나는 이치가 분명하면 화도 못 내는 성격이었다.

나는 언제 떨어질지 모를 아버지의 불호령에 항상 가슴 졸이며 전전긍긍하던 어린 시절이 떠올랐다. 그리고 드디어 아버지라는 사람은 어쩌면 타인(아내도 자식도 개체로서는 타인이다)에게 기대를 많이 하는, 그런 의미에서는 마음이 따뜻한 사람이 아니었을까 하는 생각이 들었다.

그것은 내가 결혼해서 알게 된 또 하나의 사실—친절도 불친절도 모두 비슷하게 사람을 곤란하게 하는 경우가 있다는 발견과 조금도 다르지 않았다. 그러면 어떻게 해야 되느냐 하면, 세상의 과반수는 친절 쪽을 좋아하는 것 같으니까 우리는 일단 친절이라고 생각하는 쪽의 행위를 선택해서 하면 된다. 다만 그것으로 자신은 완전히 좋은 일을 한다고 생각하지 않으면 되는 것이다. 그리고 아버지가 아무리 부인과 자식이 좋아하지 않아도 자신의 삶의 방식을 고수했던 것은 아버지에게는 당연히 자기가 옳은 일을 한다는 믿음 때문이라는 사실도 차츰 이해하게 되었다. 내가, 혹은 아들이 반항하면 바로 "아, 그래. 그럼, 좋으실 대로"라고 할 게 틀림없는 남편과 아버지는 성격이 완전히 정반대였다.

내가 소설을 쓰는 일을 직업으로 삼게 된 것은 23세 때부터인데, 그 이후, 나는 몇 명의 파멸형 예술가와 친구가 되었다. 그 사람들은 모두 다정다감하고, 향기롭게 상처받은 정신을 소유하고 있었으며, 날카로운 언어 감각을 구사하는 면도 뛰어나 가끔 만나 이야기하는 것이 정말 즐거웠다. 그들 대부분은 나와 마찬가지로 정신적인 유형으로는 마약 기호형嗜好型으로, 진짜 마약은 하지 않았지만 대부분 알코올의존증 기미가 있었다. 그들에게는 정신의 제어 장치라는 것이 없어, 현실에는 전혀 맞지 않을 무언가를 세상과 가족이 모두 인정하게 만들어놓고 살았다. 아니 그보다는 어떤 사람은 그대로 무능하고 한심한 삶을 계속 유지하고, 어떤 사람은 정말 육체적으로 파멸해서 요절해버리고 말았다.

그들과 결혼한 아내들은 아마 조금이라도 남편이 상식적인 사람으로 변하기를 바랐을 것이다. 즉 주량을 조금이라도 줄여서 맨 정신으로 있는 시간을 만들 것, 밤에는 잘 것, 가족이 어떻게든 살아갈 수 있을 정도의 돈벌이를 할 방법을 진지하게 생각할 것, 조금이라도 좋으니까 세상이 이해하기 쉬운 도덕관을 가질 것 등을 말이다.

그러나 그들은 결코 달라지지 않았다. 그들은 모두 아내와 자식을 깊이 사랑했지만, 그렇다고 성향을 바꾸지는 않았다. 생각해보면 당연한 일인지도 모른다. 왜냐하면 무능하고 한심한 삶 자체가 그 자신이기 때문에, 만약 바뀐다면 그것은 더이상 그가 아니기 때문이다. 그리고 우리는 자신이 반드시 마음에 들지 않아도 자신 이외의 뭔가가 된다는 것에는 동물적인 저항을 보이게 마련이다. 남편이라는 족속 중에는 그 구조를 처음부터 아는 사람이 많은 것 같다. 나는 종종 아내가 하는 말이나 행동을 싱글거리며 보기만 하면서 전혀 나무라거나 주의를 주거나 변명하거나 하지 않는 남편이라는 사람을 만난다.

그 남편들은 아내의 유별난 행동이나 나쁜 버릇, 어리석음을 깨닫지 못하는 게 아니다. 그것을 좋게 생각하지도 않을 것이다. 그러나 그것이 자신의 아내이고, 아이들의 엄마인 것이다. 좋거나 나쁘거나 이제는 어쩔 수 없음을 아는 사람들이 아닌가 싶다. 또한 잘사는 것도 한 방법이라면 나쁘게 사는 것 역시 사람이 생애를 보내는 한 방법인 것이다. 사람을 죽이거나 도둑질하거나 불을 지르는 행동은 진짜 곤란하다. 그러나 타인에게 이렇다 할 직접적인 피해를 끼치는 것도 아니고, 다만 밖에서 보기에 흉하지 않게 좀 '어떻게 하면 좋지 않을까' 싶을 정도라면 '모쪼록 그냥 내버려두세요'라는 의미일 것이다. 세상에는 아내의 도움으로 사는 남편이 많은데, 아내를 난처하게 하는 것을 즐기는 게 아닐까 싶은 남편도 없지 않다. 그리고 세상이 그것을 비판하는 것은 자유이지만, 당사자인 부부가 그래도 좋다면 타인이 참견할 일은 아니다.

하루아침에 마음을 고쳐먹는 예는 별로 볼 수 없지만 수십 년간 같이 살다보니 어느새 닮은꼴 부부가 된 경우는 자주 있다. 그것은 배우자가 바꾸려고 한 것이 아니다. 상대방이 알아서 변한 것이다. 그것이 내가 아는 한 유일한, 부부가 바뀌는 보통 사례이다.

존경하는 마음은 어디에서 비롯될까

인간은 본질적으로 지독하게 불평등하다는 증거를 예로 드는 것은 너무 쉬운 일이다.

어릴 때는 우선 공부 못하는 것을 고민한다. 머리가 좋은 사람과 나쁜 사람이 있다는 사정을 아직 제대로 모르기 때문이다.

여자의 경우 나이가 조금 들면 이번에는 자신이 미인이 아니라는 것을 고민한다. 동창생과 비교해 자신은 왜 다른 사람처럼 쭉 뻗은 다리, 높은 코, 하얀 피부를 갖지 못한 걸까 하고 서글퍼한다. 이것은 이미 인생의 출발선에서 어쩔 수 없이 남보다 뒤처졌다는 느낌이다.

남자도 여자도 이런 생각으로 사는 사람이 과반수는

될 것이다. 즉 우리처럼 평범한 부부는 미남, 미녀도 아니고 수재도 아니라는 것이다. 여기에서부터 거의 모든 부부의 교제가 출발한다.

나는 40세가 되었을 때 《나는 이렇게 나이 들고 싶다(원제: 계로록戒老錄)》라는 책을 썼다. 10년이 지나서 내용을 좀 더 추가했는데, 그때 노인이 되었을 때 자기 얼굴에 책임을 지라는 건 무리라는 의미의 말을 썼다. 그랬더니 독자에게서 "보통 40세가 넘으면 자기 얼굴에 책임을 지라는데요."라는 내용의 편지가 왔다.

나는 그 내용을 추가해서 쓰기 직전 얼굴에 신경마비가 와서 얼굴 모양이 비뚤어져버린 어떤 여자를 알게 되었기에 단순하게 그 항목을 더 써넣었을 뿐이다. 노인이 되면 자신도 막을 수 없는 그런 변화가 생길 것이고, 인상이 좋은 노인이 되려고 해봤자 그렇게 되지 못하는 경우도 있다는 사실을 절실히 느껴서였다.

인간의 외모만큼 운에 좌우되는 덕목도 없을 것이다. 건강도 체질적인 면이 강하지만, 그래도 후천적으로 많이 개선할 수 있다. 그러나 이른바 기량은 어찌할 도리가 없다. 이제 미용 성형은 매우 일반적인 일이 되었으니 어느 정도는 해소할 수 있겠지만, 피부색, 키, 다리 굵기 등을 근본적으로 해결할 수는 없을 것이다. 아름다운 여배우들의 존재가 의미를 갖는 것은, 그만큼 희소가치가 있기 때문이고, 우리 같은 평범한 부부는 분명히 말하건대 서로 못생긴 사람끼리 산다고 생각하면 될 것이다.

그래서 문제 되는 것은 남자든 여자든 잘생긴 배우들은 더 외모를 가꾸고, 본디 외모를 타고나지 않은 평범한 부부는, 나이 들수록 이제 나이가 나이인 만큼 어쩔 수 없다며 단념하고 더욱더 신경 쓰지 않게 되는 것이 불합리한 현실이다.

내가 아는 사람 중에 '어딘지 모르게 멋진' 부인이 있다. 특별히 남보다 뛰어나게 예쁜 것도 아니고, 나이도 벌써 50세를 넘었기 때문에 누가 뭐래도 아름다운 연령이라고는 할 수 없다. 그러나 그녀는 어딘지 모르게 참예쁘다. 그것은 그녀가 작은 도자기 가게를 운영하고 돈을 잘 버는지 어떤지는 모르지만 어쨌든 매일 그곳에 다니기 때문이라고밖에 생각할 수 없다.

그녀는 기모노 같은 것은 입지 않는다. 도자기 가게라면 전통 기모노를 입은 여주인이 어울릴 것 같지만 몸에 익숙지 않은 옷을 입으면 일할 수 없다고 한다. 화장도 그다지 짙게 하지 않는다. 확실히 도자기 가게 여주인의 짙은 화장은 특히 천박해 보이는 법인데, 어쨌든 그녀는 멋 부리는 것이 먼저가 아니라 노동이 우선이라고 생각한 것이다.

초보자가 하는 아주 작은 장사라도 이런 식으로 사람을 대하는 일을 하면서 비록 많지 않은 사람이지만 자신을 보고 있다는 자각과 긴장이 있으면 이 부인처럼 매력적인 사람이 되는 것이다.

얼마 전 운전 중에 라디오에서 흘러나오는 '중년의 매력이 무엇이냐'에 대한 특집 방송을 들었다. 그 전 주에는 여대생이나 젊은 직장 여성을 대상으로 중년(남성)의 매력을 물어본 것 같은데, 이번에 내가 들었을 때는 중년 스스로 중년의 매력이 무엇이라고 생각하는지를 아나운서가 물어보고 있었다.

그것을 듣는 사이 어쩐지 등골이 오싹해지기 시작한 것은 중년 스스로 중년의 매력에 대해서 거의 생각해본 적이 없는 것 같아서였다. '생각해본 적이 없네요.'라든가 '일할 수 있다는 것 아닐까요?'라든가 적어도 40년 정도는 살았을 텐데 어째서 자신의 삶에 대해 이처럼 생각해본 적이 없는 걸까, 하는 생각이 들 정도로 내용도 없는 대답이 대부분이었다. 바꿔 말하면, 중년의 매력이란 적어도 중년의 단맛도 쓴맛도 충분히 맛보고, 그것을 표현할 수 있다는 것이겠죠,라고 말하고 싶어질 정도였다.

결혼 생활로 만들어지는 가정이라는 울타리는 편안하게 쉴 수 있는 곳이어야 한다는 것도 어떤 면에서는 맞는 말이다. 그러나 쉴 수 있기를 요구하는 사람이라면 마땅히 긴장도 해야 한다. 이완과 긴장은 짝을 이루는 것이어서 긴장 상태가 줄곧 이어지는 것도 부자연스럽다면, 이완 상태로만 있는 것도 인간적인 것만은 아니다.

그러나 세상의 많은 남편이나 아내는 상대방 앞에서는 심신의 긴장을 유지하는 일이 낭비라고 생각하는 부류가 많은 것 같다. 실제로 어느 정도의 세월을 함께 살다 보면 서로에게 새삼스러운 면을 발견할 수 있는 것도 아니다. 바람을 피울 기력조차 없어졌다는 것 역시 서로 잘 안다. 이 상태라면 두 사람 모두 타성에 젖어 죽을 때까지 함께 있을 것이다. 왜냐하면 두 사람 모두 갈 곳이 없기 때문이다. 분명 그것이 현실이지만, 이 현실에 안주하여 노력하지 않는 심정이 참으로 쓸쓸하다.

나는 이런 부부를 보면 나도 그렇게 될 것 같은 기질이 충분히 있는 만큼 특별히 조심하며, 약간 과할 정도로 조심하려는 부분이 있다. 이런 종류의 심리 상태가 된 아내나 남편은 외모를 보면 금방 알 수 있다.

경제를 생각해서이겠지만 이런 아내는 무릎 아래나, 무릎 조금 위까지 오는 스타킹을 신고도 태연하다. 스타킹을 신어야 한다는 말이 아니다. 집 안에서 여름에 맨발로 있는 것은 기분도 좋고 건강에도 좋다. 바지에 두껍고 짧은 스포츠 양말을 신는 날도 있을 것이다. 무릎 아래까지 오는 무늬가 있는 짧은 양말을 신고 부지런히 일해야 하는 날도 있다. 그러나 지하철 의자에서는 무릎 아래나 무릎 위까지 오는 스타킹이 정면으로 훤히 드러난다는 사실을 이 여자들은 모르는 것일까.

아니 그것보다 인간은 해이해지기 시작하면 자세가 나빠져서, 지하철 안에서 뚱뚱하지도 않은데 무릎을 벌리고 앉게 된다. 긴장이 풀어진 자세는 등과 다리와 얼굴 표정에 나타난다.

남자도 대부분 그렇다. 남자는 멋을 내려는 생각이 아예 없어진다. 멋을 낸다고 해서, 양복이나 헤어 토닉에 신경을 쓴다는 말이 아니다. 젊은 남자는 여자에게 조금이라도 잘 보이려고 무거운 물건을 들어주거나, 빈말이라도 칭찬하거나, 자신의 능력을 개발하거나 한다. 그러나 해이해진 남자는 조금 무리해서라도 남에게 잘 보이려는 노력을 아예 하지 않는다. 전철을 타면 한시라도 빨리 앉으려고 빈자리를 향해 돌진하고, 술이라도 마신 날은 주위는 아랑곳하지 않고 정신없이 잔다. 상대방 앞에서 자지 않고 버틸 수 없다면 마시지 말아야 할 일이다. 아직 쓸 수 있다며 낡은 물건을 지겹도록 들고 다니고 여자를 우아한 여성으로 대하는 노력도 시시해서 할 수 없게 된다.

긴장이 풀어지는 최대 이유는 그 사람에게서 타인의 존재가 희박해지기 때문이다. 즉 그런 생활은 타인의 눈에 자신이 어떻게 비치는지에 전혀 관심이 없고, 다만 어떻게 하면 이득이 되는지, 무엇이 편한지 등의 자기 중심적인 이기심만이 찌들듯 남아 있는 것이다.

원칙부터 말하면 우리는 다른 사람이 자신을 어떻게 생각하는지 조금 궁금해하는 것이 당연한 일이다. 타자에 대한 개념이 존재하지 않는 생활이라면 미치광이나 그와 비슷한 비정상적인 사람의 세계이다. 그러나 나이가 들면서 우리는 남의 눈만 신경 쓰고서는 살 수 없다는 것을 알게 된다. 게다가 만약 자신의 신념이라는 것이 있다면 그것은 세상이나 타인의 의도에 말려드는 게 아니라는 것도 각오하게 된다.

그러나 해이해진 부부는 그 역관계나 체념을 바꿔치

기 한다. 즉 그들은 정말 자기 자신을 잃어서는 안 되는 주의 주장이나 정신의 문제에 관해서는 세상의 눈을 무서워하고, 자신의 신변 안전을 꾀하며, 손해가 될 것 같은 일은 무조건 피해가는 것이 어른으로서의 지혜라고 생각하게 된다. 대신 작은 일로 남의 눈을 신경 써야 할 상황에서도 이제 나이 들었으니까 성가신 일은 못하겠다며 게으름을 피우고, 자신의 추함을 진심으로 감추려 하지도 않는다. 그들은 이제 자신들은 인기 없는 존재라고 체념하는 경향이 있는데, 그것은 정말 인기가 없는 것이 아니라, 인기 있도록 노력하는 것을 포기한 것이다.

나는 가끔 인간을 멋지게 만드는 것은 무엇일까를 생각해본다.

그 한 가지로, 그 또는 그녀에게 위기감이 감돌 때가 아닐까. 죽음에 가까워진 사람, 위험한 작업에 종사하는 사람, 손익을 떠나 뭔가를 하려는 사람, 뭔가를 견뎌내는 사람, 어떤 경우나 하나같이 그것을 지켜보는 우리로서는 뭔가 해주고 싶다. 그러나 그 사람의 운명을 크게 바꿀 어떤 힘도 자신에게는 없다며 서글퍼한다. 그럴 때 그 사람은 내 마음속에서 큰 관심을 받게 된다.

즉 인간의 인간다움, 정신력, 능력 같은 것을 보여주

는 지수를 무엇으로 잴 수 있을까. 그 사람이 자신 이외의 일에 얼마만큼 마음을 쓰는가로 알 수 있다는 것은 재미있는 일이다. 하지만 그 일이 자신의 이득을 위해서라면 아무 소용이 없다. 약삭빠르게 처신하고 싶다, 흉한 꼴을 당하고 싶지 않다, 비난받고 싶지 않다 따위의 명분을 위해 움직이는 것은 진정한 의미에서 매력이 없다. 즉 그런 것 정도는 먹이에 달려드는 개라도 하는 일이어서, 인간이 인간만이 할 수 있는 일을 하는 것은 아니다.

요컨대 내가 말하고 싶은 것은 우리가 실제로는 미남, 미녀가 아니라도 멋진 사람이 되려고 노력해야 한다는 것이다. 멋진 사람이란 대외적으로는 적당히 긴장을 유지하고, 자신의 내면에 대해서도 적당한 자제력을 갖춰서 항상 외부와 내면과의 과부족이 없는 인식 속에 있는 상태일 것이다.

지금 나는 '과부족이 없다'는 말을 쉽게 썼는데, 사실 이것은 말뿐인 균형이다. 실제로 우리는 남을 너무 신경 쓰거나, 지나치게 자기중심이 되거나의 둘 중 하나일 뿐, 이 정도면 적당하다는 기준은 생각할 수 없다.

나는 완전히 인생에 대한 멋을 잃어 신변 안전에만 관심 있는 부부의 어떤 점이 잘못된 것인지 생각해본 적이

있었다. 그들은 사기를 치는 것도 아니고, 도둑질하는 것
도 아니다. 게다가 자신이 괴로운 일을 하고 싶지도 않지
만 남의 비난도 받고 싶지 않은 정열은 반드시 오래 산 부
부에게만 있는 건 아닐 것이다. 요즈음은 여대생들도, 생
활에 쏟는 정열 가운데 절반은 남에게 나쁜 말을 듣는 것
이 무서운, 외톨이가 되는 것이 두려운, 그리고 손해를 보
고 싶지 않은 일에 치중한다고 한다. 이런 일종의 소심
한, 게으른 상식주의자의 어떤 점이 나쁜지를 의심해본
적이 있다.

그랬더니 드디어 해답다운 것을 찾을 수 있었다.

우리는 누구나 정치가가 아닌 이상, 자신의 힘으로 세
상을 크게 바꿀 수는 없다. 우리에게 있는 것은 정치가를
뽑을 수 있는 단 한 표의 투표권이다. 그러나 이 한 표 혹
은 한 사람의 영향력이 정말 하찮은 것이라고 생각하는
것도 잘못이다.

우리는 우선 소박하게 생활하기 위해 얼마간의 물건
이나 돈, 건강, 집 등이 필요하다. 그러나 자기가 획득한
것을 사용하고 자기 일만 하면 되는 것도 아니다. 자기
혼자만 사는 것이 아니라(설사 생각한 것이 틀렸어도) 조
금 더 적극적으로 사회를 개선하기 위해 한 표를 행사하

고, 다양한 일도 해야 하는 것이다. 그런 의욕이 없는 사람은 아무래도 인간답지 않다.

나는 이런 공상을 할 때가 있다.

나와 남편이 어느 날 거리를 걷고 있다. 그때 골목 안쪽에서 "살려주세요!" 하고 외치는 소리가 들린다. 그쪽을 보니까 식칼을 머리 위로 번쩍 치켜든 남자가 한 아가씨를 덮치고 있다. 우리 부부는 그다음 순간 혼란에 직면한다. 여러 경우가 예상되는 것이다.

먼저 남편이 구하러 나서겠다는 것을 내가 말리는 경우이다. "가지 마! 위험한 짓은 하지 마!"라고 나는 말한다. 남편은 그도 그렇겠다 싶어 구하러 가는 것을 그만둔다. 그리고 아가씨는 칼에 찔려 살해당하고, 범인은 도망쳐버린다.

다음은 내가 말리지 않고 남편이 구하러 가서 그도 찔려 죽는 경우. 그 다음은 내가 구하러 가려고 하자 남편이 "어리석은 짓 뭐 하러 해!"라고 말리는 경우. 또 둘이 구하러 갔다가 두 사람 모두 강도에게 해를 당하는 경우. 그 외에 두 사람 모두 꼼짝 않고 보이지 않는 곳에 숨어버리는 경우 등등.

어떤 경우나 우리 부부 사이에서는 큰 문제가 될 것이

다. 그렇다고 내가 "여보, 구하러 가세요." 하고 남편만 보내고 옆에서 보고만 있지는 않을 것 같은데, 그 때문에 오히려 과잉 방어가 되어 정신없이 달려든 내가 강도를 때려죽일지도 모른다.

아니면 어떤 행동도 하지 않고 "우리도 위험할 뻔했어." 하고 자기 몸의 안전을 기뻐하고, "그 아가씨, 참 안됐어." 하고 안전 지대에서 말로만 걱정하는 것이다. 위기에 빠진 그 아가씨를 구하러 가지 않았다고 해서 아무도 비난하지는 않을 것이다. 그러나 나라면, 어떤 행동도 하지 않은 남편에 대해 존경하는 마음이 사라질 것이다. 그러나 나의 이런 마음이 때로는 남편을 죽게 할 수도 있다는 것을 잘 안다. 즉 이런 경우, 아무 탈 없이 부부가 안전하게 도둑을 제압하지 못한다면, 어떤 결과라도 우리 부부라면 괴로워할 것이다. 그러니까 나머지는 그저 운좋게 강도 사건과 마주치지 않도록 빌 뿐이다.

안전, 무난한 게 좋다. 손해를 보는 일만큼은 사절. 내 앞가림만 하기에도 벅차서 남을 위해서는 한 시간의 노동, 1,000엔의 돈을 내는 것도 싫다는 부부는 결코 멋지지 않다. 얼굴의 미추는 자신의 책임이 아니지만, 그런 행동의 원인은 온전히 우리의 마음속에 있다.

이혼의 참맛은 후련함이다

부부가 어떻게 이혼하는지 그 과정을 나는 이혼한 부모를 둔 딸로서 나름대로 지켜봤다.

먼저 결론부터 말하면 나의 진심은 사이 나쁜, 성격이 맞지 않는 부부는 한시라도 빨리 이혼하는 게 낫다는 것이다. 왜냐하면 마음이 맞지 않는 두 사람이 함께 살아간다는 것은 매일 미움을 증폭시킬 뿐이고, 그 역시 일종의 정열임은 분명하지만 한 번뿐인 인생에서 중요치 않은 정열이라고 생각하기 때문이다.

우리 아버지에게도 자상한 면은 있었다. 지금도 기억하는데, 기분이 좋을 때에는 엄마와 외동딸인 나를 데리고 여행하는 것도 좋아했고, 엄마나 나에게 옷을 사주는 것을 아까워하지도 않았다. 그러나 아내나 자식이 행복해지는 것을 바라면서도, 한편으로 아버지는 엄마가 불행해지기를 확실하게 바랐다. 나는 그런 비뚤어진 정열이 잘 이해되지 않는다. 소심한 아버지에게 사람을 괴롭히는 것이 그렇게 큰 즐거움이 될 수 있는지를 나는 이성적으로는 그 가능성을 충분히 인정하지만, 감정적으로는 도저히 납득되지 않았다. 만약 내 정열이 어떤 사람을 괴롭히는, 그것도 가까이 있는 만만한 사람을 괴롭히기 위한 것이라면 나는 자신이 비참해서 견딜 수 없을 것 같다.

나는 단순했는지도 모른다. 미움을 느끼는 상대는 같이 미워하기보다 멀리하면 된다는 것이 항상 가장 먼저 떠오르는 나의 해결책이다. 내가 싫어하는 게 아니라, 나를 싫어한다고 생각할 때에도 나는 얼른 꽁무니를 빼고 물러선다. 그것이 최소한의 예의라고 생각하기 때문이다.

그러나 나의 부모님은 60세가 넘을 때까지 이혼하지 않았다. 우리가 사는 사회 안에서 왜 쉽게 이혼하지 않는가 하면 거기에는 감정의 손익 계산과 징벌이 따르기 때문이다. 우리 엄마처럼 이혼하면 먹고살 수가 없고, 가난한 생활은 도저히 견딜 수 없을 것이라는 불순한 계산이 마음속에 자리 잡고 있으면 쉽게 이혼할 수 없다. 한편 저런 인간에게 자유를 주는 게 억울하다며 한쪽이 징벌을 생각하는 경우도 이혼이 쉽지 않다.

나는 자유도 삶의 보람도 비싼 대가를 치러야 손에 넣을 수 있는 것이라고 어릴 때부터 믿어왔다. 이 세상에서 공짜로 얻는 것치고 변변한 것은 없다. 단 한 가지 사랑만은 다르다고 생각한다. 사랑은 자신에게 어떤 자격이 없어도 어떤 대가를 지불하지 않아도 부당하게(이 말에는 '영광스럽게도' 라는 의미도 포함되어 있다) 주어지는 경우가 있다. 우리는 그저 말없이 그 영광을 받고, 감사하는 마음으로 벅찬 생활을 하는 것 이외에 취해야 할 행동이 없다.

나는 엄마가 계산 때문에 적극적으로 상황을 바꾸지 못한 것을 생각하면 이런 엄마들은, 딸이 더 이혼하기 쉽게(한 사람이라도 잘살도록) 상황을 만들어주어야 한다고 생각한다. 그것은 결코 경솔하게 이혼을 쉽게 한다는 현실과는 다르다. 경제적으로 자립할 수 있는 것이, 인간의 정신적 자유와 연결되고, 부부가 금전으로 연결되지 않았을 때에 오히려 순수하게 서로 정신적으로 없어서는 안 될 존재라는 것을 알게 된다.

유대에서는 예전부터 결혼할 때에 반드시 케투바 ketubah라는 이른바 결혼 계약서를 만들고, 거기에서 만일의 경우를 대비해 이혼금 액수도 정했다. 이것은 여성을 보호하기 위해 마련한 일종의 제도적 장치였다. 그것이 오히려 나의 어머니처럼 불순한 계산으로 결혼 생활을 유지하려는, 남편에 대해서는 극히 무례한 선택을 방지한 것이 아닐까 생각한다. 앞에서도 언급했듯 나는 불순하다는 말을 전혀 싫어하지 않는다. 불순을 깨닫지 못하거나 불순을 인정하지 않거나 하는 사람은 좀 답답하지만, 자신은 불순하다고 인정하는 사람에게서는 상쾌함을 느낀다. 그것은 인간의 보편적인 심정이기 때문이리라.

그렇다면 부부는 왜 이혼하는 것일까. 그 이유를 대자면 끝이 없을 것이다. 지나친 바람기, 도박 등의 고전적인 이유는 지금도 있을 것이다. 허세가 싫어 이혼하는 사람도 많다. 거칠고 난폭해서 싫은 사람도 있을 것이다.

그러나 요즘 나는 겉으로 드러난 이유가 무엇이든, 그 원인은 두 가지라고 생각하게 되었다. 즉 그것은 주로 배우자 한쪽의 어리석음과 정신의 완고함에 있다. 어리석음이라 말하면, 그러는 너는 자신이 영리한 줄 아느냐고 반문할 것 같은데, 그렇지 않다. 어리석음은 어느 누구든 그의 정신 구조 안에 내재해 있는데, 다만 정도의 문제일 뿐이라고 생각한다.

나의 지인 중 지방에서 생활하는 성실한 부부가 있는데, 부인은 두 딸을 출가시키자 더는 집에서 할 일도 없었다. 때마침 갱년기여서 그녀는 기력도 흥미도 체력도 없어져 무엇을 위해 살고 있는지 모를 정도로 상태가 안 좋아졌다. 마침 그때 그녀가 아는 사람이 시골 마을에 생긴 슈퍼에서 일하게 되어 동참하게 되었다. 일은 무척 힘들었지만 일도 재미있는데다가 매일 출퇴근을 하다보니 모양내는 솜씨도 좋아져서, 두세 살은 젊어진 것 같다는 얘기를 듣게 되었다.

그 이야기를 들은 갱년기인 나의 지인도 일을 해보고 싶어졌다. 진작부터 자신의 힘으로 블라우스를 사거나 핸드백을 새로 장만할 정도의 여유를 갖고 싶었기에 즉시 남편에게 의논하니, "이 동네에서 그런 일을 했다가는 저 집은 경제적으로 어려워져서 마누라를 내보내 돈을 벌게 한다는 소문이 날 것이 뻔해. 그런 창피한 일은 할 수 없지."라고 했다는 것이다. 처음으로 일하러 나가는 것을 기대하던 부인은 몹시 실망해서 다시 기분이 울적해져버렸다.

이 남편은 부인이 예쁘게 치장하는 것조차 천박하다며 별로 좋아하지 않는다고 한다.

"그렇게 부인을 다른 남자에게 뺏길까봐 걱정일까. 걱정 말라고 해요. 만에 하나라도 그 부인에게만은 그런 기특한 남자가 나타날 리가 없을 테니." 여자가 이런 남편에게 공격을 가할 때의 날카로운 혀는 대단하다.

나는 평소에 모든 일에는 순서가 있다고 생각하는데, 그 생각은 세상에서 일어나는 모든 일을 다 좋은 상태로 만들기란 불가능하다는 인식에서 비롯한다. 어디에서부터 시작할지 어느 것을 가장 중요하게 생각할지 그 순서를 매겨두는 것이 중요하다고 생각한다.

그러다보니 내게는 망설이는 일이 없다. 세상이 어떻게 생각하는가보다 가족이 살맛을 느끼며 지낼 수 있는 것이 항상 첫 번째라고 생각한다. 돈이 없다는 소문이 나면 좀 어떤가. 사업주라면 세상의 소문이 일에 다소 지장을 줄지 모른다. 그러나 샐러리맨 가정이라면 돈이 있을 것도 없을 것도 없다. 갱년기에 접어든 아내가 제2의 인생을 즐겁게 보낼 수 있는 갈림길에서 가능한 한 모든 일을 해보도록 배려해주면 좋을 거라고 생각한다.

내 입장에서 보면 이 남편은 아내를 진정으로 사랑하

지 않는다는 생각이 들지만, 아마 그렇지는 않을 것이다. 결국 그 남편은 아내의 건강과 체면 중에서 어느 쪽이 중요하냐는 판단에서 체면을 택했거나, 아내라는 존재는 집 안에서 겉만 번드르르하게 살게 해줘도 아무 불만 없이 지내주지 않을까라는 일방적인 희망을 품었든가 둘 중 하나일 것이다. 나이 50이 되어서도 여전히 그 계산을 못하는 남편은 어리석은 사람이라고 한마디 하고 싶어진다.

나 자신이 도박을 싫어하지는 않지만, 그 확률을 생각하면 싫어진다. 즉 모든 내기는 하는 사람이 손해를 보도록 되어 있어 그 확률을 용케 맞춰 자기만 이익을 보려고 기대하는 것은 약은 생각이다. 물론 도박의 좋은 점은 손해 본다는 것을 알면서도 그 시간을 즐기는 데 있지만, 즐기는 데서 그치려면 한도가 있다.

언젠가 바람난 아내 이야기를 글로 쓴 적이 있는데 그 경우도 상대에게 들키지 않고 끝날 것이라는 속 편한 생각에서 나온 것이다. 그리고 그런 안이한 생각은 이상하게 강한 욕구와 짝을 이루고 있다. 바람을 피우면서 아내의 자리도 그대로 유지하고 싶다든지, 돈도 원하지만 겉치레도 잃고 싶지 않은 무리한 기대를 한다. 어리석다는 것은 바로 이러한 것이다. 세상에서는 한 가지만 얻겠다고 열심히 달려들면 그것만 얻을 수 있는 경우가 많다. 그걸 모르고 운이 좋으면 양쪽이 모두 잘될 것이라고 약게 생각하면 곤란하다.

부부를 이혼에까지 이르게 하는 또 다른 요인으로 융통성이라고는 없이 머리가 굳어버린 사람이 있다. 이렇게 말하면 아무래도 그 사람을 나쁘게 말하는 것 같은데, 생각이 완고한 사람치고 악인인 경우는 거의 없는 것이 그 특징이기도 하다. 악인이기는커녕 오히려 성실하고 책임감이 강한 사람이라고 해야 할 것이다. 어쨌거나 이런 종류의 사람들은 남에게 지나칠 정도로 친절해서 어떤 상황에 그냥 내버려두지를 못한다. 나는 대체로 친절한 사람을 좋아하지만, 이런 종류의 친절은 정말 상대방을 위한다기보다 상대방도 자기 마음에 들도록 하는 고압적인 목적이 많다고 악의적으로 해석한다.

요컨대 배우자라도 자기 생각처럼 움직여주는 일은 별로 없다고 체념하는 마음가짐이 없으면 말썽이 일어난다. 배우자는 애초에 타인이기 때문에 자신과 취향이 똑같을 수 없다. 이런 당연한 이치를 몇 년이 지나도 깨닫지 못하고 체념하지도 못하는 사람이 있어 끊임없이 자신의 배우자를 교육할 수 있다고 생각한다. 이런 모습을 보면 그 사람은 아마 학교 공부는 잘했겠지만 정신은 상당히 유아적인 사람이 아닐까 하는 생각이 든다.

'한 지붕 아래'라는 말은 좋은 표현이라고 생각한다. 나는 지금 우리 가족뿐 아니라, 내가 '아주머니'라고 부르는 가정부와도 함께 사는데, '한 지붕 아래'에 살다보면 혈연과 다를 바 없다. 모두 의무 이외의 일은 될 수 있는 한 자유롭고 건강하게 하는데, 때로는 우울한 날도 있지만 대체로 밝은 얼굴을 하지 않으면 서로 괴롭다.

같이 사는 사람을 괴롭히는 재미로 사는 사람도 분명 있다. 이런 사람과는 도저히 함께 살 수 없다. 결혼 전 우리 집이 그랬다. 가정에 그런 사람이 하나라도 있으면 집에 들어가도 쉬는 게 아니다. 나는 지금은 집에 있는 것을 좋아하지만, 어릴 때는 밖으로 나도는 걸 좋아했다. 밖에만 나가 있으면, 집에 있는 무서운 사람을 생각하지 않아도 되었다. 덕분에 나는 학교에 가지 않는 것과 같은 극단적인 행위는 하지 않았다. 그러니 이런 환경에도 감사해야 할 점은 있는 것이다.

하지만 경솔하게 이혼만 하면 된다는 풍조도 별로 좋다고는 생각하지 않는다. 자녀에게 부모의 이혼은 더없이 괴로운 일이므로 사실 이혼만은 피하도록 가능한 한 모든 노력을 아끼지 말아야 한다. 그런 다음 결국 이혼하더라도 좋은 점이 한 가지 있다. 이혼을 결심한 순간 마음이 후련하다. 그런데 너무 서두르다보면 나중에 후회할 수도 있다.

"헤어진 그날 밤 외로워서 잠을 못 잔다면 아직 이혼할 시기가 아닌 거죠. 몇 년 만에 푹 잤다는 생각이 들도록 해야겠지요."

이혼한 경험이 있는 나의 지인이 한 말이다.

이혼한 사람이 상상도 못하는 함정이 있다고 한다. 그것은 미국도 마찬가지라는데, 독신녀는 부부 동반 자리에 끼워주지 않는다고 한다. 그것은 딱히 독신이 된 그 여자가 우리 남편을 뺏으면 안 되니까 부르지 말자는 의미가 아니다. 다만 모두 부부가 함께 초대받았는데, 혼자 있으면 아무래도 모양새가 좋지 않다고 생각하는 사회 풍조 탓인 것 같다.

또 나이 들어 이혼하면 번거로운 생활은 없어졌지만, 그 다음에는 자식들 모두 결혼해서 단란한 가족으로 사는데 자기만 외톨이라는 쓸쓸함이 생긴다. 귀찮아서 이혼했으면서 이혼하길 잘했다는 심정도 없고, 오로지 뭔

가 빠진 듯한 자신의 처지만 생각하고 괴로워한다. 이래
서는 이혼한 보람이 없다.

　이혼이란 둘이 살던 집에서 한 사람을 떼어내는 일이
기에 당연히 가족으로서 완전하지 않은 상태가 된다. 원
만한 가정의 모습도 아니고, 비라도 오는 날이면 너무 조
용해 허무한 느낌이 든다. 죽을 때도 혼자 죽어야 한다.

　그러나 그런 외로움을 알면서도 제발 저 지겨운 사람
과 같이 살지 않으면 좋겠다고 분명하게 말할 수 있을 때
라야 비로소 감행해야 하는 것이 이혼이라는 대사업이
다. 견딜 만큼 견딘 다음 이혼한 사람이라면 이혼을 해보
지 않은 사람은 이해할 수 없는 조용한 공간을 느낄 것이
다. 그것이 좋은 말은 아니지만 이혼의 참맛이다.

자녀의 결혼

우리 집에 자신의 신세를 한탄하려고 뻔질나게 드나드는 부인이 있었다. 객관적으로 보면 그 사람의 결혼 생활은 매우 풍족했다. 자식이 없다는 것이 좀 안쓰럽다면 안쓰러웠지만, 키우다 잃은 것이 아니니까 그렇게 괴로울 것도 없었는지 모른다.

그 집 부부는 신도시의 호화롭게 정비된 마을에 꽤 훌륭한 집을 짓고 살았다. 나는 그녀의 집에 가본 적은 없지만 들리는 얘기로 정원사 없이는 유지하기 어려울 정도로 손질이 잘된, 남들이 부러워하는 정원이 딸린 집이다. 그런데도 그녀는 열심히 당첨률이 2,000대 1인 임대 주택을 신청해놓고 당첨되는 걸 유일한 낙으로 삼고 있었다. 물론 당첨된다면 자기네 부부가 들어갈 생각인 것이다.

보통 임대 주택에 세들어 사는 사람은 언젠가 자기 집을 가지려고 하는 법이다. 그러나 그녀에게는 나름의 이유가 있었다. 그녀의 집에는 노처녀인 남편의 누나가 같이 살고 있었다. 그렇지만 완전히 같이 사는 것은 아니다. 옛날에 남편과 시누이 두 사람이 모두 독신이었을 때 지은 집을 그녀가 시집을 오면서 두 개로 나눈 것이라고 한다. 그녀의 말에 따르면 그때 시누이가 제멋대로 볕이 잘 드는 쪽을 전부 차지해버렸다. 그래서 지금 살고 있는 집은 외관은 훌륭해도 그들 부부가 사는 집 안은 춥고 불편해서 도저히 살 수 없다고 한다.

모든 싸움에는 서로 할 말이 있으니까 양쪽 이야기를 다 들어보지 않고는 진상을 파악할 수 없지만 이 경우 나는 그녀가 이야기하는 경위밖에 들을 수 없었다. 그녀가 한 얘기에 따르면 노처녀 시누이는 항상 그들 부부 생활에 끼여드는 전형적인 시누이다. 집이 독립된 구조로 되어 있다고는 해도 어쨌든 한 지붕 아래나 마찬가지라서 누나의 간섭을 피할 수 없다. 그래서 그녀는 임대 주택에 당첨되는 데 희망을 걸고 있는 것이다.

한때 그녀는 노이로제 상태가 되어 계속 이렇게 살아야 한다면 이혼할 수밖에 없다는 생각까지 하기에 이르렀다. 딱한 것은 성실하고 부지런한 남편이다. 어떤 남자라도 아내 입에서 누나와 마누라 중 한 명을 택하라고 다그치는 말을 듣는다면 이러지도 저러지도 못할 것이다. 게다가 시누이는 독신이어서, 말하자면 동생 외에는 의지할 친척도 없다.

나는 이 이야기를 들었을 때 여기 또 인정이 원수가 되는 사례가 있구나 싶었다. 이 경우 시누이라는 사람은 옆집에 사는 남동생 살림살이가 엉망진창이더라도 그것은 '타인'의 가정이니 내가 참견할 일이 아니라는 자세로 자기가 사는 공간만 마음대로 정돈해서 혼자 즐기고 살면 되는 것이다.

이 가정뿐 아니라 배우자의 부모, 혹은 의붓자식, 혹은 그 형제가 이혼의 원인이 되는 사례는 매우 많다. 그 경우 항상 어김없이 튀어나오는 말은 배우자에게 있어서 자신과, 배우자의 부모나 형제, 자녀 중에서 누가 더 중요하냐고 비교하는 말이다. 재미있는 것은 인간이란 그럴 때만 대단히 논리적인 사람이 된다. 사실 인간은 비논리적인 존재여서, 배우자도 물론 소중하지만, 자신을 낳아

준 부모도 등한시하고 싶어 하지 않는다. 그러니까 조금 더 일본식으로 말하자면, 자신의 근친자에 대해 '뒤가 켕기는 일'은 누구든지 하고 싶지 않지만, 그런 변명은 좀처럼 통하지 않는다.

이런 상황에서 우리는 결혼이라는 현실을 다시 생각해봐야 할 것이다. 결혼은 하나의 선택이라는 현실 말이다. 말하자면 결혼으로 그 사람은 부모를 떠나 사랑하는 배우자를 택한 것이다. 이렇게 되면 자식이 떠난 둥지에 부모만 남아, 자식 입장에서는 사랑하는 순위에서 부모는 두 번째로 밀려난 것이 된다. 사실 이런 현상은 이미 오래 전부터 있었다. 자녀가 결혼 적령기가 되면 그 또는 그녀에게는 이미 부모보다 소중한 존재가 생긴 경우가 많다. 하지만 부모는 결혼이라는 형태로 현실이 모습을 드러낼 때까지 그 사실을 깨닫지 못할 뿐이다.

내가 아는 사람 가운데 '딸이 결혼하는 게 그렇게 경사스러운 일인가'라고 분명히 말한 사람이 있었는데, 이것은 정말 솔직하고 좋은 말이라고 생각한다. 딸이나 아들 결혼식이라는 것은 부모에게는 실연을 확인하는 행사이다. 그러나 이렇게 될 것은 그 아이가 태어났을 때부터 알고 있었던 일이다. 그럼에도 불구하고 놀라고, 당황하고, 실망한다면 부모로서의 준비를 제대로 하지 못한 것이라고밖에 할 수 없다.

나는 내 아들의 결혼식 때 특별히 섭섭하지도 않았지만, 남들이 말하는 것처럼 경사스럽다고도 생각하지 않았다. 무엇보다 해야 할 잡무가 너무 많았던 데다가 나는 눈병을 앓고 있어서 앞으로 시력이 나올지 어떨지 모르는 정말 우울한 때였다. 나는 아들이 대학에 들어간 18세 때부터 아들과 떨어져 살아서 새삼스레 아들을 떠나보낸다든가, 며느리에게 빼앗긴다는 실감은 없었다. 그러나 적어도 결혼식이 신랑 신부의 부모에게 온전히 기쁨으로만 가득 찬 것이라는 얘기는 전설에 지나지 않는다. 만약 거기에서 부모 중 한 사람이 운다면 그 눈물에는 역시 이별의 슬픔이라는 요소가 포함되어 있다고 생각한다.

이 문제에 대해 얼마 전 어떤 스페인 신부님과 재미있는 이야기를 나눴다. 이 분은 가톨릭이 국교인 스페인에서 태어나 자기 주변 사람 중 아들이나 딸이 신부나 수녀가 되는 사례를 종종 봐왔다. 한 가정에서 신부나 수녀가 나오면 그 부모님이나 주변 사람은 몹시 기뻐한다는 것이다. 그것은 물론 사랑하는 딸이나 아들이 현세에서는 희생이 큰 수도 생활을 함으로써 틀림없이 내세에서는 영원한 행복을 얻을 수 있다고 생각하기 때문일 것이다.
그러나 나는 세속적인 사람이라 딸이나 아들이 수도 생
활을 선택했다고 축복하는 것은 자식에게 배우자가 생김
으로써 부모가 조금이라도 버림받았다는 느낌이 드는 섭
섭함을 피할 수 있기 때문이 아닐까 하는 생각도 든다.

신부나 수녀는 자유의지로 평생 독신으로 지낼 것을
하느님께 맹세하는 것이므로 만약 외아들이 신부가 되면
그가 자식을 갖는 일은 있을 수 없다. 만약 외동딸이 수
녀가 되면 거기에서 그 후손은 끊어지는 것이다. 그리고
모르는 사람은 곧잘 "가톨릭 신부님은 겉으로는 독신이
라지만 실은 어딘가에 숨겨둔 부인이 있겠지요." 하고 말
하는데, 그런 사람은 몇 백 명 중 한 명 있을까 말까이다.
여자 문제를 일으키는 신부가 없는 것은 아니지만, 그런
사람의 대부분은 바티칸의 허가를 얻어 신부라는 신분을
버리고 정식으로 그 여성과 결혼한다.

자녀가 신부나 수녀가 됨으로써 자신의 핏줄인 후손
이 끊긴다는 것이 일부 사람들에게는 견디기 어려운 현
실이다. 왜냐하면 결혼의 의미를 자신의 후손을 남기는
데 두는 사람이 많기 때문이다.

나는 그 경우 사람들이 큰 문제점을 간과하고 있다고

생각한다. 핏줄은 끊어지지 않아도 결혼으로 부모는 자녀가 사랑하는 첫 번째 대상에서 물러나야 하는 것이다. 자식이 신부나 수녀가 되는 것을 외국에서는 '자식을 하느님께 바친다'는 표현을 쓰는데(물론 성직자가 되는 것을 부모가 강요할 수는 없다. 왜냐하면 강요해서 그 효과가 계속되는 동안 문제가 해결되는 간단한 것이 아니기 때문이다.), 실은 이 길만큼 부모와 자식, 특히 어머니와 아들, 혹은 아버지와 딸 사이의 다소 성적인 요소가 포함된 사랑이 유지되는 상태는 없기 때문이다.

그것은 결코 근친상간적인 수상쩍은 의미가 아니다. 그 아들이 결혼하지 않으면, 그에게 어머니는 영원히 유일한 여성이다. 자신을 키워준 생명의 원천이고, 자신의 최대 이해자이고, 결코 자신을 배신하지 않는 이성이다.

내가 아는 사람 중에도 많은 성직자와 그들의 행복한 어머니에 얽힌 사례가 있다. 다시 말해 독신 성직자의 어머니는 손자를 품에 안아볼 수 있는 미래는 없다. 그러나 아들은 비록 먼 임지에서 떨어져 살아도, 항상 가장 가까운 존재이고 사랑의 대상이었다. 또한 그런 어머니는 아들이 돈을 벌어 훌륭한 집에 살게 해주거나 여행을 시켜주거나 하는 혜택을 누릴 수는 없었지만, 아들이 자신의 영혼의 지도자가 되고, 하느님과의 중개자가 됨으로써 비록 현세의 목숨이 끝난 후라도 영원한 행복이 약속되는 땅으로 갈 수 있다는 것을 믿고 죽을 수 있었다.

이야기의 맥락이 본질에서 약간 벗어났지만 요컨대 결혼은 분명히 말해서 그 부모나 형제에 대한 부분적 배신이라는 의미다. 그리고 또 배신하지 않으면 성실한 결혼 생활을 수행할 가능성이 없다. 생각해보면 왜 이토록 잔혹한 인간관계의 변화에 의해, 사회와 인류가 유지되는 구조가 되었는지 모를 일이다.

그렇게 말하면 "아니, 우리는 그렇지 않아요. 딸은 사위와도 사이가 좋지만 부모와도 전과 다르지 않아요."라고 말하는 사람이 있겠지만 그럴 리 없다. 부모에게는 말하지 않는 일이 있으며 이때 비로소 부부 단위가 성립되는 것이다. 결혼한 딸이나 아들, 형제나 자매가 어떤 생활을 하든 그것은 이제 누구와도 관계없는 일이라는 식의 홀로 서는 방식이 세상에는 정말 부족한 것 같다.

나도 아들 집에 가면 지저분하다 싶을 때가 있다. 며느리를 비난하는 게 아니다. 최대 원인은 잘 치우지 않고 어지르는 버릇이 있는 아들과 그에게 정리 정돈하는 버릇을 제대로 가르치지 않은 엄마인 내게 있다.

그러나 나는 지저분한 건 우리 집이 아니고 아들 집이
니까 아무려면 어떠랴 싶다. 이 세상에는 무슨 일이나 운
이라는 것이 있으니 운이 좋으면 그들은 그대로 건강하
게 살 수 있을 것이다. 그러나 머지않아 깔끔하지 않은
집 안에 진드기가 끓어서 손자가 천식이라도 앓으면 그
들은 당황해서 청소를 시작할지 모른다. 아니, 청소로 병
을 극복한다는 것은 안이한 생각이고, 아이가 '진드기에
도 약해지지 않는' 저항력을 기를 때까지 불결한 상태에
서도 잘 버틴다고 한다면 그것에도 나는 대찬성이다. 손
자가 천식을 앓기를 바라는 건 아니지만, 어쨌든 한 집안
의 운명은 그들이 스스로 선택하면 된다는 점에서는 명
료하다.

　　요컨대 세상의 부부에 대해 우리는 더 냉정하게 바라
보기만 하면 되는 것이다. 그들이 행복하게 되든지, 잘못
된 선택으로 불행하게 되든지 타인이 알 바가 아니다. 또
한 부부는 자신들의 생활에 개입하는 모든 부당한 요소
는 부드럽게, 그러나 결연하게 거부하면 되는 것이다.

　　내가 이런 식으로 말하는 이유는 인간이란 타인에 대
해 '적당히' 균형 잡힌 행위를 할 수 없기 때문이다. 지
나치게 냉정하든가 지나치게 따뜻하든가 둘 중 하나로

기운다. 이럴 때 어떻게 하면 되느냐고 묻는다면 주위 사람은 남의 부부에 대해 약간 냉정하게 대하는 것이 부부를 괴롭힐 확률이 낮다. 그러나 이 판단도 결코 옳은 것은 아니다. 내 취향이 그렇다는 말이다. 그러므로 무슨 말이든 좋으니 뭔가 말해주는 사람을 좋아한다는 부부에게는 마음껏 말참견을 할 필요가 있다.

"당신 부모님과 나, 어느 쪽이 중요해요?"라는 말은 의미가 없다. 애정의 질이 다르다고 할 수도 있는데, 두말할 것 없이 아내가 더 중요한 경우가 대부분이다. 만약 그렇지 않을 때에는 상처가 깊어지기 전에 결혼을 재고해봐야 하고, 또한 그렇게 하는 것이 서로의 재출발을 위해 어느 정도 도움이 될지 모른다.

이렇게 생각하니, 인간은 정말 적절할 때 헤어지는 것이 중요한 것 같다. 좀 일찍 헤어질 때, 그 사람을 못내 아쉬워한다. 하지만 언제까지, 자식의 사랑을 제3자와 경쟁하거나 하는 부모는 아무래도 내 미학에는 맞지 않는다.

후천적인 혈육

이 에세이의 마지막에, 나는 결국 극한 상황에 이른 어떤 부부의 모습에 대해 쓰려고 한다.

그 부부의 남편은 미국에 큰 지점을 둔 회사에 근무했다. 물론 일본인이다. 내가 만났을 무렵 두 사람은 남편이 40대 후반, 아내가 40대 초반이었다. 두 사람은 자녀들과 함께 새로운 부임지로 갔는데, 부부의 취미가 교외로 소풍을 가거나 조깅을 하는 거라 도시에서 자동차로 30~40분 떨어진 작은 호수 옆의 한적한 주택지에 집을 얻었다. 그곳은 정말 공기가 맑은 시골이었다. 집 뒤뜰에는 몇 그루의 과일 나무가 자라고, 앞뜰은 꽃으로 가득했다. 남편은 토요일도 바빠서 회사에 출근하곤 했는데, 좌

우의 이웃집에서는 일제히 남편도 참가하여 잔디밭이나 울타리를 손질하거나, 꽃의 알뿌리를 심거나 했다. 그의 아내도 그런 밭일을 좋아해서 혼자 뜰에서 일하고 있으면, 이웃집 남편이 와서 버려야 할 흙을 날라주거나, 옮겨 심을 때 함께 묻는 비료나, 뿌려야 되는 소독약에 관해 가르쳐주거나 했다.

나는 그의 아내를 세 번밖에 본 적이 없는데, 상당히 부드럽고 개성이 뚜렷한 얼굴의 미인으로 요리도 잘하고, 그 사람이 그곳에 있다는 사실만으로도 주위가 환해지는 느낌이 드는 그런 여성이었다. 그러므로 그가 어느날 일본에 돌아와서, "아내가 이웃집 남편과 사이가 좋아져서, 실은 그녀를 미국에 두고 돌아올까 해요."라고 말했을 때에 나는 정말 놀랐다.

나는 그녀가 남편을 배신할 사람이라고는 도저히 믿을 수 없었던 것이다. 그러나 생각해보면 그녀는 남편의 눈을 속이는 비밀의 정사情事 같은 것은 할 수 없는 성격이었기에 결과가 그렇게 되었는지도 모른다. 나는 그때는 일단, "경솔하게 결론 내는 건 좀 그렇지 않을까요?"라고 조언 비슷한 말을 해줬다. 미국으로 돌아간 그가, 다음해 귀국해서 일본 본사로 돌아왔을 때 두 아들은 같이 왔는데, 아내의 모습은 보이지 않았다.

왠지 두 사람(아내 쪽 말은 들은 적이 없지만)이 이혼하는 표정은 담담했을 것 같다. 그러나 결과는 이 일가에게 큰 시련이었을 것이다. 그들 부부가 미리 사둔 도쿄 다마가와 강변에 있는 아파트로 돌아왔지만 가족은 남자 셋뿐이었기에 밥을 할 사람도 없었다. 다행히 아이들은 고등학생과 대학생이었다. 게다가 두 아들 모두 영리해서 사리를 판단할 수 있었기에 겉으로는 엄마가 다른 남자와 나간 것에 대해 깊이 상처받지 않은 것 같았고, 오히려 아버지와 자신들만의 생활을 어떻게 해서든 꾸려가야 한다고 생각하는 것 같았다.

처음에는 내 쪽도 조심스러워 묻지 못한 사정도 띄엄띄엄 그쪽에서 말해주어, 나는 비로소 두 사람이 이혼한 전모를 추측할 수 있었다.

그들은 이웃끼리, 부부끼리 처음에는 사이좋게 교류를 했다고 한다. 그는 옆집 남편의 성격도 싫지 않았다. 전기 공장에 나가는 사람으로, 은퇴에 임박한 나이였다. 은퇴하는 날이 다가왔을 때, 그의 아내와 옆집 남자는 비로소 진심으로 장래를 생각하기 시작한 것 같다. 이웃집 아내가 어떤 반응을 보였는지 나는 잘 모르지만, 어쨌든 남편인 그와 남편을 빼앗긴 이웃집 아내는 그 호반의 땅을 떠나고 새로운 남녀가 같은 집에 남았다는 것이다.

자신의 생활이 너무 바빠서, 낯선 미국 생활에서, 아내에게 조금도 마음을 써줄 여유가 없어서, 그 무렵부터 아내와 이웃집 남편과의 사이에 일종의 마음의 교류가 생긴 게 아닐까라고 그는 추측한다. 왜냐하면 그도 어쩔 수 없이 맹렬히 일하는 샐러리맨이었다. 미국 회사가 일제히 쉬는 날에도 사무실에 일하러 나갔는데, "특히 밤이 되면 같은 빌딩에 불이 켜 있는 곳은 우리 회사뿐이어서 부끄럽다는 생각도 했어요."라고 말할 정도로 열심히 일했다. 그러느라 늘 혼자인 아내가 이웃집 남편과 사이좋게 마당을 가꾸면서 어떻게 하면 꽃이 잘 자랄까 등을 의논하는 것이 마냥 즐거웠을 거라고 한다.

남이 이혼하는 거니까 내가 참견할 일은 아니다. 그러나 나는 얼마 후에 그가 가톨릭 신자였다는 말을 듣고 놀랐다. 그렇지만 그의 어머니가 그에게 유아세례를 받게 한 것일 뿐, 그는 이미 중학교 무렵부터 가톨릭을 믿지 않았다. "제가 가톨릭 신자다운 행동을 할 수 있다고 생각하지는 않아요." 라고 그는 잘라 말했다.

띄엄띄엄이지만 그가 얘기해준 마음의 경위는 다음

과 같았다.

그도 처음에는 아내를 때리거나 '바보 같은 짓 그만하라'고 타이르기도 하면서 아내를 강제로 데리고 돌아오는 것도 생각했다. 벌어진 상황은 배신당했다는 느낌밖에 들지 않았지만, 두 아들을 위해 아이들의 엄마로서 묵과하는 것도 하나의 방법이 아닐까 하는 생각도 하지 않을 수 없었다. 솔직히 아내와는 더 이상 부부가 아닐 것이다. 그러나 아이들에게 엄마는 이 세상에 한 사람밖에 없기에 가정 안에서 어쨌든 엄마로서 평생 있어주는 것도 어쩔 수 없겠다고 판단한 것이다.

그러나 그때, 아내는 이렇게 말했다.

"당신과 헤어져 그 사람의 아내가 되는 게 소원이에요. 그게 아니면 저는 무엇 때문에 이 세상에 사는지 모르겠어요."

이 말을 듣고 그의 마음은 이상하게 편안해졌다. 그는 '아, 이제 더 이상 망설일 필요가 없구나!' 라고 생각했다고 한다.

상대방은 그게 아니면 이 세상에 태어난 보람이 없다고까지 분명하게 단언하는데, 더 무슨 말을 할 수 있겠는가. 남은 것은 그저 상대의 소원을 들어주는 일밖에 없었다. 그렇게 하지 않으면 평생 후회할 것이다. 그는 아무리 아내라고 하더라도, 자신이 한 여자의 일생을 '망치는' 무서운 일만큼은 하고 싶지 않았다고 한다.

"아드님들은 어땠어요?"

내가 물었다.

"아이들에게도 좋은 공부가 됐을 거라고 생각해요. 제 선택에 대해 잘했다고 말해달라고 하고 싶지는 않아요. 비판할 점이 있으면 비판함으로써 아이들은 어떤 현실을 배우고 성숙해지겠죠. 그런 의미에서 저는 헤어진 아내에게 감사하는 마음도 있습니다."

나는 그 말이 약간 아니꼽게 들린다고 했다. 그러자 그가 대답했다.

"그건 제 마음속에 아직 고통이 남아서 그럴 거예요. 제가 그녀를 싫어한 적은 한 번도 없었으니까요."

나는 노골적으로 그의 속마음을 물었다.

"아드님들이 만약 그 일로 여성에 대해 불신감을 가지게 되었다면 어떻게 하겠어요?"

"그렇다면, 그건 어쩔 수 없죠. 그게 그 애들의 운명이니까요. 그러나 그 애들은 그런 환경을 견뎌낸 사람만이 터득할 수 있는 일종의 강인함도 얻었을 거예요. 강인하게 되지 못했다면 그것은 그 애들 자신에게 그런 능력이 없는 거니까 엄마 탓은 하지 말라고 제가 말해줬어요.

"우리 집에서 일어난 일은 약간 어리석은 부분은 있겠지만 적극적인 악의도 속임수도 없었어. 엄마는 어쩌면 고생할지도 몰라. 상대방은 나이도 많은 데다 앞으로 사업으로 크게 성공한다는 희망을 걸 수 있는 사람도 아니야. 그러나 그걸 알고도 엄마는 운명을 선택한 거야. 엄마는 단지 항상 같이 있어주는 남편과 즐겁게 살고 싶었던 거야. 그래서 아버지는 그 길을 엄마에게 선택하게 해주고 싶었어."라고 말했어요. 그랬더니 아이들은 어느 정도 납득한 듯 했어요. 아주 밝게 지내고 있어요. 남자끼리 사는 집이지요."

나는 그 집의 광경이 눈에 선했다. 내가 감동한 것은 그들의 생활 속에, 추호도 자신들을 버리고 간 여자에 대해 복수하겠다는 조짐이 보이지 않았다는 것이다. 그들은 자연스럽게 잃어버린 사람에 대한 슬픔을 견딜 뿐이었다. 그렇게 견디는 일이 어느 세계에나 있는 인간의 공통 운명이기에 견딘다는 일상적인 조심스러움이 느껴졌다. 나는 감동을 받으면서도 그 안에서 혹독한 뭔가를 느꼈다. 그렇지만 그것은 결코 유별난 뭔가가 아니라 극히 보편적인 운명에 순응한다는 느낌이었다.

그때 그는 한 여자의 남편이 아니라, 아버지나 오빠가 되었던 것이다. 이런 변질은 아주 드문 일이 아닐 것이다. 부부가 일생 동안, '신선한 감각을 계속 가진 수컷과 암컷'으로 있는 일도 멋지지만, 나는 그것만이 부부라고는 생각하지 않는다. 일생에 걸쳐서 수컷과 암컷으로밖에 될 수 없었다니 가엾다는 느낌마저 든다.

부부가 혈연관계로 이루어지지 않은 '후천적인 육친'이 되는 것을 나는 일종의 기적이라고 생각한다. 육친이라는 것은 떠나가는 것을 슬프게 생각하면서도 그것을 최종적으로는 승인하지 않을 수 없는 관계이다. 물론 그러는 도중에 원망하는 감정도 있을 것이고, 파괴적인 기분도 들 것이다. 그러나 이런 이성적인 감정의 기본은 '그 사람이 행복하다면'이다. 그러나 이런 유의 부부 형태에 대해서는 여성지에서도, 의학지에서도 별로 언급한 것을 본 적이 없다. 분명 너무 강하고 깊은 뭔가가 있어 함부로 논할 수 없다는 느낌이 드는데, 내 주변에서 이런 사례는 결코 드물지 않다.

인간의 생애를 어떻게 살다가 죽음에 이르느냐는 것은 그 사람의 철학과 미학의 반영이다. 물론 누구나 이상적인 생활을 할 수는 없다. 그러나 현실과 타협하면서 한 인간을 살리는 것도 죽이는 것도 자신의 선택에 달려 있다고 생각할 때 부부의 모습도 좀 더 겸손해지고, 더할 나위 없이 소중한 것이 될 것이다.

그가 고통을 견디며 온화하게 선물한 운명이기 때문에, 나는 그녀가 그 호반의 작고 소박한 집에서 행복하게 살면 좋겠다. 그 얼마나 인간적인가. 비난하지 않고 어떤 사람에게 생기를 주고 싶다는 심정일 뿐이다. 그 바탕에 있는 것 역시 혹독한 고통을 견디는 것은 상대방을 더욱 사랑한다고 여기고 더구나 자신이 더 강하기 때문에 견디기 쉬울 거라고 생각하는 쪽이 받아들여야 한다는 남성적인 발상이다.

솔직히 인간의 일생은 어떤 방식의 삶이라도 본인만 행복하면 된다. 그러나 거기에, 그 사람의 생애를 걸고 선택한 '한 인간을 대하는 방법' 이 이치에 맞아야 한다. 그것은 하나의 성역이어서 어떤 사람도 침범할 수 없다.

글을 마치며

좋은 문장을 쓸 때의 기본은 대상이 되는 소재가 명확하게 보이도록 쓰는 것이라고 생각한다. 잘 모를 때는 글 쓰는 것을 시작하지 말고 보일 때까지 기다려야 한다는 원칙을 스스로도 가능한 한 지켜왔고 젊은 사람들에게 문장 작법에 대해 이야기할 때도 그렇게 말해왔다.

그러나 말은 멋들어지게 하면서도 때로 그에 반하는 일도 태연하게 한다. 부부에 대해 쓰는 것도 그중 하나다.

남의 일처럼 하는 말이지만 용케도 이처럼 쓰기 어려운 주제에 손을 댔구나 싶다. 내 성격 가운데 만용과 적당주의가 동시에 있기 때문에 이런 '쾌거' 아닌 '쾌거'를 이룬 것이지 싶다.

하지만 어릴 때부터 사이가 나쁜 부모님 밑에서 외동딸로 자란 내 입장에서 인생이라는 드라마의 주역은 늘 부부였다.

부부란 참 이상하다. 서로 깊이 사랑해서 부부의 연을 맺지만 한쪽이 배신하면 애정은 증오로, 강한 일체감은 사별로 말미암아 상실감으로, 완전한 타인에서 오랜 세월을 지나다보면 마치 혈연처럼 된다. 이렇게 부부의 심리 변화는 그 진폭이 엄청나게 크다.

부모와 자식은 일정 시기가 되면 헤어진다. 생활을 따로 하는 경우가 많거나 자식의 나이가 50~60대가 되면 부모의 대부분이 세상을 떠난다. 그러나 부부는 거의 50년 이상을 같이 생활한다.

부부의 생활이 행복하면 인생은 신뢰할 만한 것이 되고, 그것에 증오나 미움이 끼어들기 시작하면 세상은 회의로 가득 찬 곳이 된다. 우리는 결코 다른 사람과는 그 정도로 깊은 관계를 맺지 않는다. 부부란 이처럼 신비하면서도 얼마나 이상한 관계인가. 그 놀라움 때문에 나는 이 글을 썼을 것이다.

소노 아야코

타산지석 시리즈

"여행보다 더 재미있고 더 리얼하다."
"여행은 보이지 않는 지도에서 시작된다."

세계 여러 나라의 사람들과 문화를 이해하기 위한 보이지 않는 세계 지도.
단순한 체험기가 아니라 그 문화를 진정으로 체험한 사람의 경험을 통해 나오는
날카로운 철학과 통찰.

영국 바꾸지 않아도 행복한 나라 이식·전원경 지음/360면/컬러/13,900원
그리스 고대로의 초대, 신화와 역사를 따라가는 길 유재원 지음/280면/컬러/17,900원
중국 당당한 실리의 나라 손현주 지음/352면/컬러/13,900원
터키 신화와 성서의 무대, 이슬람이 숨쉬는 땅 이희철 지음/352면/컬러/15,900원
러시아 상상할 수 없었던 아름다움과 예술의 나라 이길주 외 지음/320면/컬러/14,500원
히타이트 점토판 속으로 사라졌던 인류의 역사 이희철 지음/244면/컬러/15,900원
이스탄불 세계사의 축소판, 인류 문명의 박물관 이희철 지음/224면/컬러/14,500원
독일 내면의 여백이 아름다운 나라 장미영·최명원 지음/256면/컬러/12,900원
이스라엘 평화가 사라져버린 5,000년 성서의 나라 김종철 지음/360면/컬러/15,900원
런던 숨어 있는 보석을 찾아서 전원경 지음/360면/컬러/15,900원
미국 명백한 운명인가, 독선과 착각인가 최승은·김정명 지음/348면/컬러/15,000원
단순하고 소박한 삶 아미쉬로부터 배운다 임세근 지음/316면/컬러/15,900원
이스라엘에는 예수가 없다 유대인의 힘은 어디서 비롯되는가 김종철 지음/224면/컬러/14,500원
유리벽 안에서 행복한 나라 싱가포르가 이룬 부와 교육의 비밀 이순미 지음/232면/컬러/13,900원
한호림의 진짜 캐나다 이야기 본질을 추구하니 행복할 수밖에 한호림 지음/352면/컬러/15,900원
몽마르트르를 걷다 삶이 아플 때 사랑을 잃었을 때 최내경 지음/232면/컬러/13,500원
커튼 뒤에서 엿보는 영국신사 소심하고 까칠한 영국사람 만나기 이순미 지음/298면/컬러/13,900원
왜 스페인은 끌리는가 자유로운 영혼, 스페인의 정체성을 만나다 안영옥 지음/304면/컬러/18,900원
대만 거대한 역사를 품은 작은 행복의 나라 최창근 지음/304면/컬러/19,800원
타이베이 소박하고 느긋한 행복의 도시 최창근 지음/304면/컬러/17,900원

마음을 열어주는 책

사람으로부터 편안해지는 법 소노 아야코 지음/오경순 옮김/296면/9,800원
타인을 미워하지 않고도 사람으로부터 받은 상처를 극복할 수 있도록 도와주는 책.

긍정적으로 사는 즐거움 소노 아야코 지음/오유리 옮김/276면/8,800원
지금까지 상처받았다고 생각해온 것들에 대한 가치관의 반전과 인생의 본질을 꿰뚫는 지혜를 전하는 책.

빈곤의 광경 소노 아야코 지음/오근영 옮김/176면/12,000원
인간으로서 존엄은커녕 쓰레기 취급을 당하다 굶어 죽어가는 사람들이 공존하고 있다는 사실. 단순한 도움의 대상을 넘어, NGO 감사관의 눈에 비친 빈곤국의 국가 시스템적 모순들과 오랜 굶주림이 낳은 외적, 정신적 폐해들을 낱낱이 보여준다.

세상의 그늘에서 행복을 보다 소노 아야코 지음/오경순 옮김/212면/8,800원 청소년추천도서
오랜 작가생활과 NGO 활동으로 전세계 100여국을 방문하고 여행해온 저자가 빈곤, 기아, 질병이 곧 삶인 오지인들의 모습을 통해 그동안 너무나 당연해서 제대로 느낄 수 없었던 행복의 원점과 인생의 본질을 되돌아보게 하는 책.

착한 사람은 왜 주위 사람을 불행하게 하는가 소노 아야코 지음/오근영 옮김/176면/9,800원
무난한 인간관계를 위해 우리의 의식에 잠재되어 있는 착한 사람에 대한 강박증이 초래한 불편함과 비본질성을 꼬집는 책. 보다 자연스럽고 편안한 인간관계를 위해 우리가 취해야 할 것과 버려야 할 것을 깨닫게 한다.

멋진 당신에게 오오하시 시즈코 지음/김훈아 옮김/312면/12,000원
몇 번을 읽고 또 읽어도 가슴이 따스해지는 수필집. 우리 생활에서 쉽게 지나쳐버리고 마는 잔잔한 아름다움이 가득 담겨진 책.

마음으로 살아요 행복이 옵니다 오오하시 히즈코 지음/김훈아 옮김/269면/12,000원
마음을 다하여 바라본 이 세상에 행복이 있음을 깨닫게 하는 책.

5차원 부모교육혁명 원동연 지음/157면/12,500원
가정의 회복이 교육의 열쇠다. 관계를 잃으면 모든 것을 잃는 것과 같다.

옮긴이 오근영

일본어 전문 번역가.
옮긴 책으로는 《빈곤의 광경》《내가 공부하는 이유》《집의 즐거움》《작은 집을 권하다》《착한 사람은 왜 주위 사람을 불행하게 하는가》《이상한 나라의 토토》《일의 기본 생활의 기본 100》《하룻밤에 읽는 세계사 2》《나답게 살 용기》 등이 있다.

남들처럼 결혼하지 않습니다

1판 1쇄 발행　2017년 3월 20일
1판 2쇄 발행　2017년 11월 1일

지은이　소노 아야코
옮긴이　오근영
펴낸이　김현정
펴낸곳　도서출판리수

등록　제4-389호(2000년 1월 13일)
주소　서울시 성동구 행당2동 328-1 한진노변상가 110호
전화　2299-3703
팩스　2282-3152
홈페이지　www. risu. co. kr
이메일　risubook@hanmail. net

※이 도서의 국립중앙도서관 출판시도서목록(CIP)은 서지정보유통지원시스템 홈페이지(http://seoji.nl.go.kr)와 국가자료공동목록시스템(http://www.nl.go.kr/kolisnet)에서 이용하실 수 있습니다. (CIP제어번호 : CIP2017005553)